喜《き》花《か》坊《ぼう》の寵《ちょう》姫《き》

恋と縁は宴より始めよ

和知杏佳

22531

角川ビーンズ文庫

CONTENTS

喜花坊の寵姫
恋と縁は宴より始めよ
人物紹介
赫《かく》 央《おう》蓮《れん》
煌国《こうこく》の第一王子。
彩琳の復讐に協力を申し出る
泰《たい》波《は》
喜花坊で琵琶を弾いている。
あまり人前に出ることはない
姫《き》 彩《さい》琳《りん》
反逆罪で獄死した父の連座で
身分を落とされ
喜花坊の楽宮となる

井《せい》 槙《しん》根《こん》

和国出身で、官史として働いている。

令《れい》霞《か》

喜花坊の楽宮として働く踊り子。
恥ずかしがりやで人見知り。

蘇《そ》 司《し》山《ざん》

彩琳の父を陥れた、復讐の相手。

赫《かく》 春《しゅん》雲《うん》

煌国の王女。

イラスト／セカイメグル

有名な一幅《いっぷく》の絵がある。

稀有《けう》な来し方から、後世もよく画題に上った。

必ず横顔で描《えが》かれるその人物を語るとき、人はいつもこの言葉から始める。

——一切《いっさい》の技芸、知略なく、しかれども為《な》せぬことなし。

と。

序　喜花坊の寵姫

細い枝には重たそうなほど豊かに、牡丹《ぼたん》が咲《さ》いていた。その花びらが、わずかに揺《ゆ》れる。

急《せ》いた足音が、庭に渡《わた》された廊から響《ひび》いていた。

「お待ちください、央蓮《おうれん》様！」

央蓮、と呼ばれた青年は、制止の声など聞こえていないかのように歩き続けている。

「どうかお待ちを！　お聞きいただければ、これ以上はお引き留めいたしません！」

その言葉に、ようやく青年の足が止まるが、後ろから追ってきた者を振《ふ》り返りはしない。

青年の目は、前に向けられていて、どこを見てもいなかった。ただ苛立《いらだ》たしげに、背後の男の言葉を待っている。

花の香《かお》りが漂《ただよ》う庭には、静かに水が流れ、春を楽しむ小鳥が遊び、蝶《ちょう》は品定めをするように、花と花との間をゆったり飛び交《か》っていた。

それを楽しむために雨や日を遮《さえぎ》る廊にさえ、木組みに彫刻《ちょうこく》と鮮《あざ》やかな彩画《さいが》が施《ほどこ》されている。

「早く言え」

深い響きを持った声は低く、口調ははっきりとしている。

誰《だれ》もが目を奪《うば》われるような場所にあって、央蓮は何も見ず、不機嫌《ふきげん》に眉《まゆ》を寄せていた。

彼にとって、身の回りが美しく豪奢《ごうしゃ》に整えられていることは至極《しごく》当たり前のことで、わざわざ目を向けるようなものではない。この廊も、ただの近道でしかなかった。

「………このところ、あまりに喜花坊《きかぼう》へ行かれることが多いご様子。喜花坊の楽宮《がくきゅう》にお慈悲《じひ》をかけられることを悪いとは申しません。ですが、あれらの身分は」

最後まで言わせずに、央蓮が振り返る。それだけの動作で、人を黙《だま》らせる威《い》があった。

黒い髪《かみ》と黒い瞳《ひとみ》は、春の柔《やわ》らかな日差しを、拒絶《きょぜつ》するように鋭《するど》く跳《は》ね返している。

その目は、涼《すず》しげというには冷たすぎ、その顔は、凜々《りり》しいというには険が強い。

十九の青年の纏《まと》う、いっそいびつなその雰囲気《ふんいき》はひどく人目を引いた。

央蓮に臆《おく》した男は恐《おそ》れたように目を逸《そ》らしたが、思い切ったように口を開く。

「央蓮様が楽宮の許《もと》に足繁《あししげ》く通っていることが、噂《うわさ》になっております。もちろん、私どもは貴方《あなた》様がお立場を理解されていることも、この先のことに深いお考えを巡《めぐ》らせていらっしゃることも存じております」

酷薄《こくはく》とも呼べる面立《おもだ》ちが、静かに言葉を紡《つむ》いだ。

「私の考えがわかっていると言うのなら、二度と口を挟《はさ》むな」

央蓮は再び背を向け、足音高く歩き出す。

「央蓮様！　どうか、この煌国《こうこく》の王子であるということをお忘れなきよう！」

歩み去る央蓮が、一言だけ口にした。

「馬を用意しろ」

鮮やかな庭には、小鳥の声が響く。

その美しい声よりも、央蓮の残した硬《かた》い空気が、強くそこに残っていた。

巷《ちまた》には、確かに噂が流れていた。

第一王子の央蓮が、とある楽宮を寵愛《ちょうあい》している。その近寄りがたさから、この年まで浮《う》いた噂が全くなかった彼に、足繁く通う相手がいると。

あの央蓮が寵姫《ちょうき》を持った、相手は身分の低い楽宮で、しかも足繁く通うほどの寵を得ている。噂に上るに足る突飛《とっぴ》さがいくつもあって、都の民《たみ》たちは、そのもっともらしい理由を各々《おのおの》想像して作り上げては遊んでいる。

「余程《よほど》の美姫《びき》に違《ちが》いない」

「詩や歌舞《かぶ》音曲《おんぎょく》に才があるのよ」

「楽宮は、きれいな衣装で踊《おど》ったり楽器を弾《ひ》いたり、貴人に見初《みそ》められる機会が多いからねぇ」

あるいは、

「あの央蓮様が寵姫に入れあげるなんておかしい。楽宮には異国の者も多いと聞く。怪《あや》しげな呪術《じゅじゅつ》で誑《たぶら》かされているんじゃないか」

「先代の皇帝《こうてい》にも、寵愛する楽宮があった。血は争えんということだ」

寵姫についても、央蓮についても、噂は挙げればきりがない。暇《ひま》つぶしにはちょうどいい話題だったのだろう。

どれもこれも、真実にはほど遠い。

──喜花坊の、内側を知る者は少ないからな。

だが、その方が都合がいい。暗愚《あんぐ》と噂が立つのは避《さ》けたいが、今のところ冷血で通っている央蓮に通う娘《むすめ》が出来たと面白《おもしろ》がるものばかりだ。この状況《じょうきょう》は、央蓮にとってそう悪くはない。

喜花坊の中で武官に馬を預けた央蓮はひとり、寵姫の家を目指して歩いていた。ここでは、いつでもあちらこちらから、楽の音や歌声が聞こえてくる。ここは楽宮たちの住まいであり、修練の場でもある。

奏者の姿は見えないが、切々とした琵琶《びわ》の音が、央蓮の耳に届いた。

──名手だな。

音楽に興味のない央連でさえわかるほど、技巧《ぎこう》に長《た》けた音だった。

王都久寧《きゅうねい》では、碁盤目《ごばんめ》のように縦横に道が走る。四方を道に区切られた一区画を坊という。坊は高い壁《かべ》に囲まれ、夕方に門を閉めるまでは行き来が出来るが、この喜花坊に関しては、出るも入るも許可がいる。

央蓮が王族でなければ、好き勝手に坊内に入り、寵姫を作り家に通うなど、許されなかっただろう。

――王族であると言っても、今はただの王子でしかないが。

思索《しさく》に耽《ふけ》りながら、もう通い慣れた道を辿《たど》る。琵琶の音が遠ざかる。独り身の女性の多く住む辺りに近づいていた。

央蓮は、現皇帝の長子であるが、皇太子ではない。

皇帝は、そう年の変わらない同母の弟を皇太子に立てており、皇太子には子がない。皇帝は皇后との間には公主しかおらず、次代の皇太子がどうなるかはまだわかっていない。後継《こうけい》が誰になるかについても、民草が暇つぶしに予想して遊んでいた。

無意識に、央蓮は自分の拳《こぶし》を握《にぎ》る。

見慣れた建物の前で立ち止まる。屋根に反りはなく、家としての格式は低いが、質の良い材で造られた、贅《ぜい》を凝《こ》らした家だった。

「私だ」

声をかければ、中から戸が開く。

「待たせたな、彩琳《さいりん》」

「お待ちしておりました。央蓮様」

出迎《でむか》えた少女の結《ゆ》い上げた髪に飾《かざ》った歩揺《ほよう》が揺れ、飾りの玉が音を立てる。

笑顔《えがお》を見せたのは、噂に上るような美姫ではなく、どこにでもいるような小柄《こがら》な少女だ。

名は彩琳。小柄故《ゆえ》幼く見えるが齢《よわい》は十七。央蓮のたった一人の寵姫である。

その少女はよく通る、澄《す》んだ声をしていた。


互《たが》いにほほ笑《え》み合うと、央蓮を家の中に迎《むか》え入れた。央蓮は笑顔になると険のある印象が薄《うす》れ、整った顔立ちが際立《きわだ》つ。

「部屋には来なくていいわ。お茶はわたしが淹《い》れるから」

彩琳はこの家の下働きの老女に声をかける。

「ええ、ええ、わかっております。お二人の邪魔《じゃま》はいたしません」

聞き飽《あ》きたというように老女は頷《うなず》いて、央蓮に対しては丁寧《ていねい》に礼をした。

老女に背を向け歩き出すと、彩琳の顔から、一瞬《いっしゅん》笑みが消える。すぐ思い直したようにまた央蓮へ笑顔を向けた。

「約束よりも遅《おそ》かったですね、央蓮様」

「少し捕《つか》まってしまってな。……私が来なくて寂《さび》しかったか？」

央蓮がそっと彩琳の肩《かた》に腕《うで》を回した。

「わかってらっしゃるなら、次は遅《おく》れずいらしてください。寂しいのはもちろんですが、央蓮様に何かあったのかと心配で胸が張り裂《さ》けそうでしたわ」

「わかった。次は遅れず来よう。私も会えずに寂しかった」

「本当ですか？」

「嘘《うそ》なものか。お前は本当にかわいいな」

そんなことを言い交《か》わしながら、睦《むつ》まじい様子の二人は奥の部屋に入って行った。


戸を閉め二人きりになった瞬間《しゅんかん》、静かな部屋にある音が響《ひび》く。

はぁぁ〜〜〜……。

彩琳の長い長いため息の後で、二人はパッと身を離《はな》した。

「ねぇ央蓮、肩に腕なんか回す必要あった⁉」

戸の外に声が漏《も》れないよう、抑《おさ》えた声で彩琳は抗議《こうぎ》した。

「睦まじく見せた方がいいだろう」

央蓮は不満げに腕を組んで彩琳を見下ろす。

「お前こそ『胸が張り裂けそう』とは何だ。わざとらしいぞ」

「仕方ないじゃない。毎回おんなじこと言うわけにもいかないんだから、そろそろ言うこと尽《つ》きるのよ。まして思ってもいないこと言わなきゃいけないんだから、そうポンポンポンポン出てくるわけないでしょ！」

「思ってもいないことを言わねばならないのはこちらも同じだ。お前に少しでも秀《ひい》でたところがあれば、褒《ほ》めようもあるんだがな」

その言葉に彩琳が肩を怒《いか》らせる。

「いくら楽宮だってね、出来ないことは出来ないのよ！」

「あまり大声を出すと外に聞こえる。早く始めるぞ」

不満げに顔を逸《そ》らし合い、央蓮は榻《とう》に腰《こし》かける。

「どうだった」

彩琳は几《つくえ》の上の箱から書付を取り出すと、央蓮の座る榻に自分も座った。寝台《しんだい》にもなる榻は、二人が座っても充分《じゅうぶん》な広さがあるが、彩琳は央蓮から出来るだけ離れた場所に腰を据《す》える。わずかに墨《すみ》の香《かお》りが残る薄い紙を広げた。

「正直、末端《まったん》の官吏《かんり》の宴席《えんせき》じゃ情報なんて入らないの。せいぜい、あいつに対する妬《ねた》みや悪口くらいね」

書付を渡《わた》すと、央蓮はしばらくそれを眺《なが》めていた。

「思っていたほど、悪くはない」

「どこが？　誰《だれ》がなんて悪口言ったのかしか書いてないけど」

央蓮は書付の中のある名前を指す。

「これは表向き奴《やつ》に従っている男だが、ずいぶんな言葉で腐《くさ》しているな。本当に嫌《きら》っているのか、周囲がどう思っているかを引き出すために言ったのかを知りたい」

彩琳は少し驚《おどろ》いていた。宴席での悪口など、情報と呼べるものではないと思っていたが、どう読み解くかにもよるらしい。

「かなりお酒に酔《よ》ってて、他《ほか》の人の会話に乗るみたいに話してたから、嘘には聞こえなかった」

「そうか。……他の楽宮からは、何か情報を得られないのか」

彩琳は申し訳なさそうに眉尻《まゆじり》を下げた。

「教坊《きょうぼう》では実力ごとに分かれて修練をするから、知ってる子たちはわたしと同じで大きな宴《うたげ》には出ないわ」

「……なるほどな。これは焼き捨てておけ」

央蓮は彩琳に書付を返すと、わずかに息をついた。

「もう少し情報が入るかと思っていたが、急いだ甲斐《かい》のある情報とは言い難《がた》いな。お前が大きな仕事をしないこともあるが、単純に奴も周到《しゅうとう》だ」

彩琳は、央蓮の袖《そで》を縋《すが》るように掴《つか》んだ。

「……本当に、あいつを陥《おとしい》れられる？　あいつに復讐《ふくしゅう》できるのよね？」

年若い少女には似合わない必死さと暗さの宿った瞳《ひとみ》で、彩琳は央蓮に訴《うった》えた。

央蓮の冷たい瞳の中に、彩琳の顔が映りこむ。

自分がこんなにも憎《にく》しみに満ちた顔が出来ることを、彩琳は知らなかった。

央蓮の袖を摑む彩琳の手に、彼の手のひらが重ねられた。その手は意外なほど、体温が高い。

「少し、考えていることがある。しばらくは今まで通り過ごせ」

彩琳が頷くと、歩揺が揺《ゆ》れて、この場に不釣《ふつ》り合いなほど澄んだ音がした。彩琳がいつも身に着けているものだ。地金は金で、繊細《せんさい》な鎖《くさり》で繋《つな》がれた桃色《ももいろ》と紅《あか》色の玉石が添《そ》うように垂れ下がり、時折玉同士がぶつかっては、きれいな音を立てた。

央蓮は、しばしその歩揺を見つめてから彩琳の瞳に視線を移す。袖を摑む彩琳の手を、央蓮はまだ握っていた。

「わたし、何だってするわ。だから……」

「彩琳、黙《だま》れ」

急に、央蓮が彩琳の腕を強く引いた。彩琳は、央蓮の胸に倒《たお》れるようにして、腕の中に閉じ込められる。

「ななな何⁉」

彩琳の声は突然《とつぜん》のことに裏返る。

「シッ、静かにしろ」

央蓮は彩琳の耳元で囁《ささや》くと、更《さら》に深く彩琳を抱《だ》きしめる。高そうな香《こう》の匂《にお》いと、いきなりされたことの恥《は》ずかしさに彩琳は真っ赤になる。

「お、央蓮……、放して！」

央蓮は彩琳の口を塞《ふさ》ぐように、胸に深く抱き込む。その時、戸口の向こうから、わずかに物音が聞こえた。彩琳は慌《あわ》てて口を噤《つぐ》むと、央蓮と同じように戸口の外を窺《うかが》う。

戸の向こうに聞かせるように、央蓮は少し声を大きくした。

「彩琳、機嫌《きげん》を直せ。私が好きなのはお前だけだ。天下のうちで、私はお前が一番かわいい」

歯の浮《う》くようなことを言い終え、そっと戸口の向こうを窺う。

「あのぉっ！」

大声で戸が開け放たれ、背の高い男が入ってきた。腰の帯には、官吏であることを示す魚を象《かたど》った割符《わりふ》を下げていた。木製であることを見ると、下級官吏だろう。

「ここは国の管理下にある楽宮たちの住まいで、というか喜花坊自体、部外者が入っちゃいけない。立場上見過ごせないから、賄賂《わいろ》を渡した武官の名前と、自分の名を明かしなさい」

男の言葉は少し発音に違和感《いわかん》があった。煌では試験さえ通れば官吏になれるので、異国人かもしれない。

彩琳と央蓮は、しばし黙り込んだ。彩琳を抱《かか》え込む腕が緩《ゆる》む。

「……彩琳、この男は誰だ」

「知らないわ」

闖入《ちんにゅう》者は姿勢を正して名乗った。

「井槇根《せいしんこん》。今日から喜花坊に配属された、教坊の官吏だよ」

教坊は宮中の音楽所とも呼べる部署である。城下の一区画を表す坊と同じ「坊」の字を使うのでややこしいが、喜花坊という区域の中に、教坊という音楽所があり、官吏は教坊と楽宮の管理も担《にな》っている。彼はそこの官吏らしい。

央蓮と彩琳は顔を見合わせた。

「こいつはそもそもどうやって入ったんだ」

「官吏でも楽宮でもなさそうな身なりの男が入って行くのを見かけたから、この家で働いているおばあさんに、文官で、仕事のために来たと言って……」

彩琳への質問に槇根は代わりに答える。央蓮はため息をついた。

緊張《きんちょう》した様子の槇根が一歩こちらに踏《ふ》み込み、もう一度尋《たず》ねた。

「とにかく、名を明かしなさい」

央蓮はしっかりと視線を合わせた。

「赫《かく》央蓮だ」

槇根の手が震《ふる》え出した。

「……か、赫？」

赫は、煌国皇族の姓《せい》だ。央蓮が皇帝《こうてい》の長子だと気づいた槇根は、みるみるうちに青褪《あおざ》めて、

「申し訳ありませんっ!!」

と叫《さけ》んで、ものすごい速さで美しく平伏《へいふく》した。

「もうよい。私はただ、自らの寵姫《ちょうき》に会いに来ただけだ。この娘《むすめ》のことについては、陛下の許しももらっている。下がれ」

槇根は平伏している体を更に縮こまらせて、「ですがきちんとお詫《わ》びを……」と消え入りそうな声を出した。

恐縮《きょうしゅく》しきった槇根に、央蓮の冷たい視線が向けられる。

「わからぬか、逢瀬《おうせ》の邪魔《じゃま》だと言っている」

槇根は、今度は勢い良く立ち上がり、再び「申し訳ありませんっ！」と叫ぶと、戸をきっちりと閉めて走り去った。

嵐《あらし》のように去っていく足音が聞こえなくなるまで、央蓮と彩琳は戸口を茫然《ぼうぜん》と眺めていた。

「……あの、央蓮」

「何だ」

彩琳が身じろぐ。

「そろそろ、放してくれない？　あなた、わたしにそういうことはしなくていいって、言ったでしょ」

央蓮は抱き寄せていたことなど忘れていたような顔で、彩琳を放す。彩琳はもぞもぞと央蓮から離《はな》れた。

「心配しなくても、お前に興味はない。手など出して、子でもできたら面倒《めんどう》だ」

央蓮の言葉に、彩琳は赤くなった。手を出す云々《うんぬん》の言葉もそうだが、自惚《うぬぼ》れるなと釘《くぎ》を刺《さ》すような物言いにかっとなった。

「べっ、別にそこまで言ってないでしょ。肩《かた》に触《さわ》ったり、さっきだって人前で抱き寄せたりしたから、念のために言っておいただけよ！」

「周囲を欺《あざむ》くためにいくらお前に触ろうが、二人の時にお前に何かすることなど今後も一切《いっさい》ないから安心しておけ。色恋《いろこい》など、市井《しせい》の者がすることだ」

　その言葉に、少し驚いていた。彩琳のその表情を見て、央蓮は顔を背《そむ》けて軽く息を吐《は》く。自《じ》嘲《ちょう》したようにも見える仕草だった。

「身分と後ろ盾《だて》があり、自らの務めがわかる程度に賢《かしこ》く、その務めを果たせる程度に強く、私に対して愛情を持つことの無い相手でなければ手はつけない」

「央蓮のこと好きだっていう人が駄目《だめ》なの？」

　普通《ふつう》は逆ではないかと思って問うと、央蓮は何を馬鹿《ばか》なことをと言いたげな視線を返した。

「情があれば、妬心《としん》に繋がることもあるだろう。妃《きさき》同士の寵の争いで人が死んだ例など挙げればきりがないぞ。天子の子が死ぬことさえ、珍《めずら》しくはないのだ。婚姻《こんいん》に色恋を持ち込まず、人を殺さず、自身と子の命を守れる相手とでなければ、無駄《むだ》な諍《いさか》いを呼ぶだけだ」

　彩琳には信じがたい考え方だったが、央蓮は当たり前のように口にした。

「だから、お前に手をつけることなど天地が覆《くつがえ》らぬ限りありえん」

無表情に「余計な心配をするな」と念を押され、彩琳は思わず立ち上がった。

「こっちだって願い下げよ！」

大きな声で言い返すと、挑《いど》むような視線が彩琳を射る。面白《おもしろ》がるような声で、央蓮は尋ねた。

「若い娘が、なりたくもない寵姫の振《ふ》りをするほど、蘇司山《そしざん》が憎《にく》いか」

蘇司山。その名前を聞くだけで、彩琳の体中が冷たくなって、どろどろとした憎しみが体中を渦巻《うずま》く。

「憎いわ」

彩琳がはっきりと口に出すと、央蓮はわずかに笑《え》んだ。

彩琳は、本当は央蓮の寵姫ではない。

二人は互《たが》いの間に何の想《おも》いも無かった。人前で関係を偽《いつわ》る目的以外で、男女として触《ふ》れ合ったこともない。

楽宮はその仕事柄《しごとがら》、貴人に見初《みそ》められることも珍しくない。ゆえに、王族が喜花坊《きかぼう》に通い、寵姫を広い屋敷《やしき》に住まわせることも特別には思われない。

それは、央蓮と彩琳にとって、とても都合が良かった。

蘇司山という男を陥《おとしい》れるためだけに、この関係はあった。

喜花坊の寵姫、彼女がそう呼ばれるようになったのは、冬の終わりのことだった。

一　楽宮の長、蓮花楽人

煌は大国である。その国土は広く、煌を開いた王家が北方の異民族だったこともあってか、異なる文化も民族も飲み込み、それらを煌の腹の中で一つに溶《と》け合わせた。

周囲の国々は煌を恐《おそ》れ庇護《ひご》を求め、あるいは先をゆく国として学び、あるいは利用しようと近づく。中には煌を厭《いと》いながら関《かか》わり合う国もある。それはつまり、どの国も煌を無視して暮らすことが出来ないという事実を示していた。

国土は広大、文化は多様。統治は容易ではない。

それゆえ、その頂点に立つ皇帝を支える者も多く必要になる。

まず、公的な場である政《まつりごと》を、官吏《かんり》たちが支える。彼らは各省にわかれ、中央だけでなく地方に至るまで、この国の政を執《と》り行っている。

そして、皇帝の私的な場である後宮は、宦官《かんがん》と妃《きさき》たちが支えている。妃はその才色ばかり語られるが、皇帝と各地との結びつきを深めるため、地方や他国から後宮に入り、そうして子をなすことで、次代の皇族の血筋と、自らの生まれた国を守っている者も少なくない。

その二つとは比べるべくもないほど小さな、しかしその二つのちょうど真ん中に、確かに存在する場がある。皇帝を支える官と妃、そのどちらにも似て、どちらとも異なる者たちがいる。

皇帝はその立場から、時に公と私は入り混じる。功を挙げた臣下を労《ねぎら》い、異国の使者と誼《よしみ》を結び、過去にはいがみ合った民族と、皇帝の間に生まれた子の誕生を祝う。

そうしたあらゆる宴席《えんせき》の場に、歌舞音曲《かぶおんぎょく》で仕える者たちがいる。

その身分は低く、世襲《せしゅう》や招聘《しょうへい》、あるいは元の身分から落とされた者もいた。

あらゆる大切な局面で必要とされながら、その存在が意識されることは、この国では少ない。

男女の別なく、技芸を以《もっ》て国に仕える彼らは、楽宮と呼ばれる。


寒さが緩《ゆる》み、陽光の中に確かな暖かさを感じられるようになった頃《ころ》、大酺《たいほ》が開かれた。

これは皇帝が臣下や民《たみ》のために開く、大きな饗宴《きょうえん》だ。

皇帝の誕生の祝いであったが、臣下への労いを込めて、この年は特別大きな宴《うたげ》が開かれた。

官吏たちは、確かに秋から冬にかけて、めざましい働きをしたのだ。

当代の皇帝は、継承《けいしょう》争いを勝ち抜《ぬ》き五年前に即位《そくい》した。即位後、数年かけて争いあった身内の後始末を終えると、その手は次に貴族と官吏へ伸《の》びた。隠《かく》されていた多くの叛意《はんい》が暴《あば》かれ、そして裁かれた。無論、結果が出たのが冬だったのであって、そちらも即位後から調べを進め続けていたのだろう。

皇帝《こうてい》に盾突《たてつ》いた多くの罪人を捕《と》らえて処分を下した臣下たちへの労いと、血腥《ちなまぐさ》い噂《うわさ》を伴《ともな》う継承争いを勝ち抜き長く続く名門の貴族でも厳しい処罰《しょばつ》を下した皇帝に、民が感じている恐怖《きょうふ》を薄《うす》めることを目的に、この大酺は特別賑《にぎ》やかに執り行われる。

市街では、この日のために雇《やと》われた芸人たちが民のために芸を見せ、宮城内では文武の官や異国の使節のために楽宮たちがその芸を披露《ひろう》する。また宴の進行のため、裏に表に働いていた。

今回の大酺は特別大きく、宮中の庭園で行う。宴会《えんかい》や儀礼《ぎれい》用の大きな建物でさえ入りきらない人数の官が宴に出席するからだ。

身分や所属で席は分かれ、皇帝の側《そば》は王族と高官が占《し》めている。中央で歌舞音曲を披露するのは、楽宮の中でも特に芸に優《すぐ》れた、内人《ないじん》と呼ばれる者たちだ。佩玉《はいぎょく》という、帯に下げる腰飾《こしかざ》りを下賜《かし》された、皇帝直属の楽宮である。

佩玉を持つものは喜花坊にいる楽宮と違《ちが》い、宮城の中にある慶春院《けいしゅんいん》で暮らし、身分は楽宮のままではあるが、官吏と同等に遇《ぐう》される。

きっと内人たちは、今頃《いまごろ》天幕の中でゆったりと準備をしているのだろう。

彩琳たちのような、喜花坊の楽宮とは違って。

「ちょっと、どうしよう！　髪《かみ》が崩《くず》れちゃった、誰《だれ》か手を貸して！」

喜花坊の楽宮たちに与《あた》えられたのは、庭園の中に幕で仕切ったわずかな区画だ。そこでは、着替《きが》えのために鮮《あざ》やかな衣装が翻《ひるがえ》り、髪や腕《うで》を飾《かざ》る金銀の宝飾品《ほうしょくひん》がしゃらしゃらと揺《ゆ》れ、女性たちの高い声がひっきりなしに響《ひび》いていた。

　宴で踊《おど》る楽宮が、裏回りで働く楽宮に頼《たの》んでも、返ってきたのはつれない答えだった。

「席の支度《したく》に配膳《はいぜん》の手伝い、設《しつら》えまでやるのよ！　そっちの小間使いまでやってらんないわ」

給仕《きゅうじ》の楽宮たちも、みな揃《そろ》いの服に着替えなければならない。自分の準備に忙《いそが》しかった。

内人たちが踊る回りで、引き立てるように喜花坊の楽宮たちも踊る。ここ以外にも、四方に小さな幕を仕切り、楽宮たちの準備の場所が作られていた。

「踊りも何もできないから下働きをしてるのに、よくそんなこと言えるわね！　もう、彩琳はどこ!?　彩琳！　彩琳手伝って！」

　遠くにその諍いは聞こえていたが、彩琳の頭の中にまでは入ってきていなかった。集中している彩琳は、真剣《しんけん》な表情で、目だけはきらきらと輝《かがや》かせていた。

　宴の場は広く、歌舞《かぶ》がよく見えるのは位の高い貴族や王族の席で、彩琳たちが支度をする位の低い官吏の席は、中央から離《はな》れていた。その距離《きょり》の遠さで生じる寂《さび》しさを埋《う》めるように、所々に花が活《い》けられている。彩琳はそれを直していた。

　踊りを見る時に邪魔《じゃま》にならないように、いや、踊りと共に見た時に、風景の一部に見えるように、ただ投げ入れられていた花の高さを調節し、背後の庭園に広がる木や花のように自然な形になるように手直しをしていく。

それを終えたら、卓《たく》を同じ間隔《かんかく》できっちりと揃える。これは彩琳が几帳面《きちょうめん》であるとか、真面目《まじめ》であるということとは異なっている。

彩琳はほんの少し息をつく。表情が緩んだ。

――うん、こうした方がきれい。

ただ、それだけだった。

「彩琳ったら！」

何度か瞬《まばた》きをして、彩琳は呼び声に振り返る。

「どうしたの、お姐《ねえ》さん」

先輩《せんぱい》の楽宮が幕の端《はし》から顔を出して彩琳を呼ぶので、小走りで近づく。呼んだ当人は、彩琳がいた辺りを不思議そうに眺《なが》めていた。

「彩琳、アンタ何かした？　さっきと違うような……」

「お姐さん、髪を整えればいい？」

彼女の結《ゆ》い上げた髷《まげ》を見て彩琳が言うと、「そうそう」と腕を引かれ幕の裏へと連れて行かれた。

しかし、彩琳は中々髪に触れず、崩れた髷を直すのは何度も手伝ってきたので彩琳にも出来る。器用な方ではないが、あちこちよそ見ばかりしていた。

「彩琳？　ちょっとどこ見てるのよ。早くやってちょうだい」

楽宮が口紅を塗《ぬ》りながら彩琳に声をかける。

「だって、他《ほか》のみんなと同じ形になってないといけないでしょう？」

そうしてしばらく見定めてから髪を直し、慎重《しんちょう》な手つきで金の釵《かんざし》を髷の根元に挿《さ》した。

「ちょっとくらい違っててもわかんないわよ」

「今日やるのは群舞《ぐんぶ》じゃない。ああいうのは全部揃ってるからきれいなのよ」

彩琳は釵の角度を確認《かくにん》し終えると、今度は別の楽宮に近寄って帯を勝手に直す。

「ちょっと、何？」

「帯がずれてたし、これじゃほどきにくいわ」

踊る楽宮はみな、鮮やかな桃色《ももいろ》の衫《さん》の上に、純白の衣装を重ねている。曲の途中《とちゅう》で帯を解き、白から紅色《あか》へ衣装を変える演出があるからだ。これは同時に、かつ素早《すばや》く衣装が変わらなくては意味がなくなる。

帯を直された楽宮は、面倒《めんどう》そうな顔をしたが「ありがとうね」と彩琳の肩《かた》を叩《たた》いた。今度は他の楽宮に声を掛《か》けられ、額に花鈿《かでん》を描《か》くのを手伝い始める。

「歌舞も駄目《だめ》だし不器用だけど、よく気が付くし、目の利《き》く子なんだよねぇ」

彩琳に髪を直させていた楽宮が、その言葉に頷《うなず》いた。

「せめて楽器が出来ればいいんだけど、ぜんっぜんうまくなんないのよねぇ、あの子」

今度は聞こえていた彩琳は、ちょっと唇《くちびる》を尖《とが》らせながら、紅のついた筆で花鈿を描いた。

それから彩琳は、宴が始まるまでずっと、忙しく過ごしていた。時折怒《おこ》られたりすることもあったが、忙しい方がいい。心の深いところにある気持ちが、溢《あふ》れてこなくて済む。

宴が、始まろうとしていた。

――給仕の後、皇帝の食事に合わせて音楽が流れて、それが終わったら一度席を片付けてから、新しいごちそうとお酒を準備して、踊りが始まるのよね。

これからの流れを頭の中で確認する。

最初の音楽が終わり、新たに酒食の準備が始まる。彩琳は皿を運びながら、先程《さきほど》まで自分も立ち働いていた幕の向こうを窺《うかが》った。もちろん、幕の向こうは見えない。自分が踊るわけでもないのに、ひどく緊張《きんちょう》する。

――成功しますように。

内人たちが中央の舞台《ぶたい》に現れ、列をなしてぴたりと止まる。ただそれだけでも、整った美しさがあった。

笛の音が、高く響く。

音楽が始まるのと同時に、春風が吹《ふ》くような柔《やわ》らかく軽い足取りで、四方から喜花坊《きかぼう》の楽宮たちが現れる。

思わずこぼれたような歓声《かんせい》が上がった。

彩琳の目が輝いて、舞台の真ん中を見つめる。先程花を直していた時のような、深く集中した表情だった。

——すごい。

動きを揃えている、というより、まるで全員で一つのように、乱れのない動きだった。

内人の踊りを見られる機会など、彩琳にはそうない。瞬きすら惜《お》しんで、舞台を見つめた。

きれいなものが好きだ。見ていると、心が一杯《いっぱい》になる。

きれいなもので心を一杯にすると、自分の中の汚《きたな》い部分もきれいになりそうな気がする。

舞踊《ぶよう》の列が分かれ、王族や主賓《しゅひん》の座る席まで視界が開ける。

彩琳の顔から、色が失《う》せた。

——自分の中の汚い部分も、きれいになりそうな、気がするだけだった。

覚えるまいと思っていた席次を、彩琳は無意識に刻み付けていた。

高位の貴族の中に、笑《え》みを貼《は》り付けたような顔の男が交じっている。

中書侍郎《じろう》、蘇司山。王族たちもいる席の近くに座っているのは、蘇司山がこの大酺《たいほ》の主賓と言っても過言ではないからだ。

このほど中書省に異動したばかりで、それ以前にいたのは、御史《ぎょし》台《だい》——綱紀《こうき》を糾《ただ》し、官吏《かんり》の監察《かんさつ》、弾劾《だんがい》を行う部署だ。蘇司山は国に盾突く数えきれないほどの罪人を上げ、今の地位に抜《ばっ》擢《てき》された。

今は詔勅《しょうちょく》の立案と起草を司《つかさど》る中書省の次官だ。その職務ゆえに皇帝との距離が近く、その意を左右しうる立場である。

次期中書令、この国の正宰相《さいしょう》の地位に、最も近いと言われている男だった。

あんなに美しいと思った舞踊が、少しも目に入らない。冷え切った彩琳の体の中で、憎《にく》しみだけが燃えていた。

宴《うたげ》が終わった後の庭園に、まだ彩琳はいた。日が翳《かげ》り始めた庭園に、梅の香《かお》りの混じった、冷たい風が吹く。

片づけを終え、着々と人が減っていく庭園に、彩琳は立ち尽《つ》くしていた。

夕暮れの閉門までに、必ず戻《もど》らなくてはいけない。

それなのに足が動かない。

美しい庭園の中で、冬を耐《た》え抜《ぬ》き綻《ほころ》んだ梅花だけがいやに鮮やかだ。

宴の最中は外していた歩揺《ほよう》を、彩琳は右手に握《にぎ》りしめていた。

蘇司山の顔が頭から離れない。向こうは彩琳のことなど認識していなかっただろう。

――あれだけのことをしておきながら、わたしのことなんて、あいつは知りもしない。

梅の花が、いやに鮮やかだった。青褪《あおざ》めた肌《はだ》のような白、血のような赤。

また冷たい風が吹いていて、肩にかけた披帛《ひはく》が靡《なび》く。梅の甘い匂《にお》いさえ、今は不快だった。

「姫《き》家の娘《むすめ》か」

背後から、はっきりとした声が聞こえた。

彩琳は振《ふ》り返る。

少し離《はな》れたところに、青年が立っていた。服装からして、かなり身分が高い。高官か、王族か、年を考えれば王族だろう。

北方の人のような、強く鋭《するど》い目をしていた。背は人より少し高いくらいでしかないのに、実際の背丈《せたけ》よりも大きく見える。美しい青年だったが、人からもてはやされることは少なそうだ。人を容易に近づけない雰囲気《ふんいき》こそが、青年を美しく見せている。

青年は彩琳に近づくと、瞳《ひとみ》を見つめて、もう一度尋《たず》ねた。

「お前は、姫家の娘ではないのか」

「ご存じでしょう。楽宮に姓《せい》はありません。国のために尽くす身となったわたしたちに、家名は必要ありませんから」

楽宮は自らの姓を持たない。元の姓はあっても、公《おおやけ》の場で名乗ることも、姓を記すことも許されなかった。

そして、国のために尽くす——つまり国の支配下にある楽宮は、坊から許可なく出入りすることが出来ない。宮城に暮らす内人でもそれは変わらない。これは楽宮の身分が低いこと以外に、もう一つ理由があった。

青年は、会話をする気のない彩琳に、更《さら》に言葉をかける。

「私には関係がある。まずは答えろ、お前は姫家の娘だな」

「えぇ」

彩琳はあっさりと頷いた。それを見て、青年は喉《のど》の奥で笑った。

「私は赫央蓮だ。名は知っているな？」

皇帝《こうてい》の長子だ。なぜこの時間にこんな場所にと思ったが、彩琳は礼の姿勢を取ろうとした。

央蓮は「よい」とそれを止め、彩琳にもう一歩近づいた。

「手を貸せ」

彩琳は、その時初めて眉《まゆ》を寄せた。その様子を特に気にも留めず、央蓮は言葉を続ける。

「私は、この国が欲しい。皇帝となって、煌を手にしたい」

初対面の相手にそんなことを語られ、どんな顔をしてよいかわからず、彩琳は一度俯《うつむ》いた。

「恐《おそ》れながら、そのような大きなお望みに、楽宮のわたしではお役に立てないかと存じます」

「いや、お前は手伝う」

断言され、彩琳は顔を上げた。怪訝《けげん》さに満ちた表情が、王族に不敬と言われても仕方のない自覚はあった。だが、央蓮は特にそれを咎《とが》めはせず、彩琳の瞳を覗《のぞ》きこんだ。

「私のために働けば、代わりに復讐《ふくしゅう》を果たしてやる」

彩琳の体がびくりと跳《は》ねて、指先が震《ふる》えた。

「何を言っているかわかるな？　お前が今思い浮《う》かべた相手と同じ者を、私も憎んでいる」

彩琳は口を開いて、何か言おうとした。否定したかった。でも、できない。ずっと、何も考えないようにしてきた。

喜花坊に来てから、ただただ不器用なりに働き、毎日を過ごしてきた。でも、考えないようにと思っていた憎しみは、こんなにも簡単に、止められない奔流《ほんりゅう》となってあふれ出す。

なぜ、自分はこんな風に楽宮として働いているのだろう？

蘇司山のために開かれたような大酺で、当たり前のように、懸命《けんめい》に働いたのだろう？

楽宮には、世襲《せしゅう》の者、招聘《しょうへい》された者、元の身分から落とされた者がいる。

落とされる理由の最たるものは、家族の罪。

だから楽宮は、自由に外に出られない。彼らが国の管理下に置かれるのは、各地から招聘され、出自のさまざまな楽宮たちを国がしっかりと把握《はあく》しておくためである一方、罪人の近しい親族を楽宮の身分にすることで、国の監視《かんし》下に置くためでもあった。

「……やめて」

彩琳の言葉は震えていた。央蓮の言葉に、見ないようにしていた自分の姿を、見せつけられた気がした。央蓮の目が、彩琳を見ていた。

「蘇司山を、追いやりたくはないか。お前の親の、仇《かたき》だろう」

息を呑《の》んだ。押し込めていた苦しみが、毒のように体中に広がる。

彩琳の父は、罪人として死んだ。

蘇司山が、叛意《はんい》ありとして捕《と》らえた貴族のうちの一人だ。

青蘭《せいらん》州刺史《しし》、姫瑾秀《ききんしゅう》。皇帝に対し呪殺《じゅさつ》の意志ありとの嫌疑《けんぎ》がかかり、獄官《ごっかん》の取り調べを受けた。そして長い勾留《こうりゅう》の末、冬至を過ぎた頃《ころ》、獄死《ごくし》した。

「……父上の書庫に、呪術《じゅじゅつ》に関する本があったの。五冊あったわ」

彩琳は、静かに呟《つぶや》いた。書庫は二部屋、数え切れない本の中に、たった五冊だ。代々伝えられた大量の書籍《しょせき》のうちの五冊に、父が触《ふ》れたことがあるかどうかすらわからない。

「忠節を説く本は、もっとたくさんあったのに、それは証拠《しょうこ》にならなかった。馬鹿《ばか》みたい」

もう、目の前の青年の身分など気にしていなかった。当たり前のことを言って不敬だと思うなら、彩琳を牢《ろう》に繋《つな》げばいい。父にしたように。

父は体が弱かった。取り調べが拷問《ごうもん》を伴《ともな》うことくらい彩琳も知っている。命を削《けず》られるその日々はどれだけ辛《つら》かっただろう。そして、その最中に命を失ったことのつじつま合わせでもするように、自白はあった、証拠も見つかったと急に話が進み、彩琳は連座で姓を奪《うば》われ、楽宮になった。この国の名を借りて蘇司山が父にしたことは、少女にとってあまりに残酷《ざんこく》だった。

彩琳は、青年を見上げた。同じ言葉を、違《ちが》う言い方でもう一度口にする。

「楽宮のわたしじゃ、手伝えないわ」

しかし、彩琳の断りの言葉など聞かず、央蓮は話し始める。

「宴席《えんせき》は、貴族同士の関係、流れる噂《うわさ》、書面や宮中ではわからない情報の宝庫だ。私は同じ目的を持つ臣下が欲しい。悪いようにはしない」

彩琳は、目の前の王子を睨《にら》み上げた。

悪いようにはしない？　もう、なっている。

父は死に、同じく連座となった母は喜花坊《きかぼう》とは別の場所に連れて行かれ生き別れた。場所さえ教えられていない。もう、会うことも出来ないだろう。

そして、親の仇のために開かれた宴で、自分は働いている。

「蘇司山がしたことを評価しているのは、あなたたち王族でしょう？　手伝いたくない。臣下なんて、絶対に嫌《いや》」

それまで揺《ゆ》らがなかった央蓮の瞳に、一瞬《いっしゅん》だけ興味が浮かぶ。

「国と思いを異にしているから、こうして声をかけている。国ではなく私のために働け。臣下が嫌ならそれでも構わん。対等に扱《あつか》おう」

それに、と、央蓮が呟いた。

「もう一つ、してやれることがある」

その含《ふく》みのある言葉に、彩琳が央蓮をじっと見る。その目は無意識に続きを求めていた。

「姫瑾秀の、汚名《おめい》を雪《そそ》ぐ方法があるぞ」

彩琳の目に、光が宿る。思わず央蓮の袖《そで》を掴《つか》んでいた。

「本当!?」

「楽宮の長、蓮花《れんか》楽人《がくじん》だ」

佩玉《はいぎょく》を持つ内人の中で、煌国の国花である蓮花を象《かたど》った玉を持つのが蓮花楽人だ。

蓮花楽人は、今回の大酺のような、国家の大事に位置づけられる宴の取り仕切りを行い、その職務上、高官や皇帝とさえ言葉を交《か》わす立場である。喜花坊の楽宮たちには、大酺のような大掛《おおが》かりな宴席の時に指示が下ってくるばかりで、彩琳はその姿を見たことさえない。

「あれは、男の人しかなれないでしょう?」

「前例がないだけだ。そんな決まりはない」

最初からなれないものと思っていた彩琳は、目指そうと考えたことすらなかった。

だが、もし央蓮の言ったことが可能なら、蓮花楽人という地位には、大きな意味がある。

楽宮に限らず、官や妃《きさき》でも、皇帝の側《そば》近くに仕える者は、それにふさわしい経歴に書き換《か》えられる。家族に罪人がいるものは、その罪が雪がれるのだ。それは楽宮の彩琳が、すでに亡《な》くなってしまった父の名誉《めいよ》を回復する、唯一《ゆいいつ》の手段と言ってよかった。

「一王子に与《あた》えられる位ではない。私が皇帝になってからになる。ただ、その時に不審《ふしん》に思われないよう、今からお前を少しずつ引き立てていくことも出来る」

——蓮花楽人になれば、父上の名誉が回復できる。

そして、央蓮に情報を渡《わた》し、彼を手伝うことは、蘇司山への復讐にもつながる。

「相手は蘇司山だ。お前の身に何も危険がないと嘘《うそ》をつく気はない。私の考えを、蘇司山が知ったら、共に倒《たお》れることもあるだろう。その時は、仕方がないがそれで仕舞《しま》いだ」

そう言った時、央蓮は笑った。

彩琳はドキッとした。放たれた弓矢のようだと思った。ただ目的の場所に深く刺《さ》さって、届くことだけを目指すような。折れたらそれまでという簡潔な覚悟《かくご》は、危なっかしくて、でも、ひどく目を惹《ひ》いた。

「それでも、私は蘇司山を野放しにしておくつもりはない。欲しいものは余さず手に入れなければ気が済まない。蘇司山の汚《よご》れた手に、わずかたりとも握《にぎ》らせておきたくない」

成功するとは限らない、危険は多く付きまとう。

「やるか」

と、央蓮は問うた。

「やるわ」

もう、彩琳にとって、失うものはなかった。いや、全《すべ》て失って、きれいなものを眺《なが》めて自分の心をごまかしてきた彩琳に、この時初めて目的が生まれた。

はっきりとした強い声に、央蓮は頷《うなず》いた。

「姫家の娘《むすめ》、名は」

右手に握った歩揺《ほよう》が冷たい風に揺れて、澄《す》んだ音がした。父母の形見だ。

「姫、彩琳」

央蓮はふっと笑った。

「良い名だな」

そして、彩琳と央蓮は、情報を交換《こうかん》するために二人で過ごすのを怪《あや》しまれないよう、央蓮が彩琳に便宜《べんぎ》を図《はか》る本当の理由を知られないよう、偽《いつわ》りの寵愛《ちょうあい》関係を結ぶことになった。

しかし、思っていた以上に蓮花楽人の道は遠い。蓮花楽人は佩玉を持つ内人の中から選ばれるのだが、まず内人になるのが難しいのだ。

内人になる道としては、教坊で師から推薦《すいせん》を受けるか、実際の宴席で評価を積み重ねることで取り立てられるか、そのいずれかが多い。

師に認められれば、高位の貴族が出席する大きな宴《うたげ》で働くことができ、そこで認められれば、更《さら》に宴の規模や重要度が上がる。そうなれば、宴で得られる情報の質や量も上がる。蘇司山を追いやりたい彩琳と央蓮にとって、絶対に進まなくてはならない道だ。

そのために央蓮も彩琳を引き立てようとしてくれている。いるのだが。

——教坊での評価が低いと、大きな宴には出られない。央蓮は、不自然に思われない程度にわたしの仕事を増やすよう手を回してくれているけど、わたしにできるのは下働きだし……。

多くの宴に出たとしても、列席する者たちは下働きなど気にも留めないので、彩琳の評価は上がらない。

——結局のところ、何かに秀《ひい》でてないと、話が始まらないのよね。

彩琳は、教坊の裏手の小さな庭で、座り込んでため息をついた。

教坊は、官吏《かんり》の仕事場と、楽宮たちの修練所と、楽器や衣装などの保管庫とを廊で繋いだ、広い建物の集まりだ。いつも楽の音や歌声が聞こえている。

傍《かたわ》らに置いた琴《きん》を眺める。

踊《おど》りも駄目《だめ》、歌も駄目、綱渡《つなわた》りなどの雑技はもってのほかだ。彩琳では芸を極《きわ》めるより先に命がなくなる。最も努力で何とかなりそうなのが楽器だと思い、彩琳は琴の師について稽古《けいこ》を続けていたが、上達は人と比べて非常に遅《おそ》い。弾《ひ》けるのはまだ数曲、弾けるだけで、聴《き》かせられるほどの腕《うで》ではない。

膝《ひざ》の上には、稽古終わりに買った、竹の皮にくるまれた昼食がある。小麦粉の皮で野菜と肉を包んでカリッと焼いた餅《へい》だが、散々叱《しか》られた後では食べる気がしない。

再びため息をつくと、「彩琳」と呼ぶ鈴《すず》のような声がした。

「令霞《れいか》！」

令霞と呼ばれた少女は、彩琳の隣《となり》に座り込む。令霞も教坊の中では落ちこぼれとして扱われていて、やはり色々と言われてきたのだろう、しょんぼりしている。

彩琳は、餅を半分に割って、令霞に手《て》渡《わた》した。

「いいの？」

「食欲《しょくよく》がなくて」

彩琳はそう頷いた。餅は割った所からふわっと湯気が立っていた。楽宮は坊の出入りが制限されているため、外から商人がやってくる。楽宮として引退した者が、坊内で仕事を持つことも珍《めずら》しくない。彩琳の家で働く老女も、引退した楽宮だ。

昼時になると、そうした人たちが営む屋台がいくつか出て、楽宮たちはそこで買ったり、自宅で炊事《すいじ》をして昼食をとっていた。

半分に割られた餅に、令霞がかぶりつく。表情が緩《ゆる》んで、ふうと息をついた。

その表情を見て、彩琳も餅を口にした。彩琳が食べたのを見て、令霞が笑《え》顔《がお》になる。

「おいしいねぇ」

そう言って笑う令霞は、小麦色の肌《はだ》に青い目をした美しい胡《こ》人《じん》の少女だ。

令霞は、あの大酺《たいほ》より少し後に喜花坊にやってきた。

初めて見たのは、教坊の階《きざはし》に腰《こし》かけた後ろ姿だ。艶《つや》のある長い黒髪《くろかみ》が、西日で不思議な色になっていたのをよく覚えている。

『何あの子、西域《せいいき》からわざわざ呼ばれて楽宮になったのに、全然駄目じゃない』

『すぐ佩玉もらって内人になるって噂《うわさ》だったけど、あれじゃ人前にも出られないでしょうね』

口さがない言葉は、喜花坊の中では日常茶飯事《さはんじ》だ。決して褒《ほ》められたことではないが、それでも、誰《だれ》もがこの坊の中に押し込められ、足枷《あしかせ》を付けられたように暮らしている。坊の高い壁《かべ》の向こうに行くのは仕事か、月に一度願い出て寺の参詣《さんけい》に行ければいい方だ。

　ここを出るには老いて引退するか、貴人に見初《みそ》められ、煩雑《はんざつ》な手続きと安くない金銭で出してもらうかだが、どちらが幸せなのかは、彩琳にはわからない。

　修練を終えたばかりの彩琳は、俯《うつむ》いて肩《かた》を震《ふる》わせていた少女の側に歩いて行った。

　隣に立つと、少女は顔を上げた。

　彩琳は胸がドキッとした。

　それほど、美しいひとだった。

　焼き菓子《がし》のような甘い茶色の肌は滑《なめ》らかで、大きな瞳《ひとみ》は空のように澄みわたって青い。長い睫毛《まつげ》がつり気味の目元を縁取《ふちど》っていて、鼻筋はきれいに通って、形のいい唇《くちびる》は優《やさ》しそうだ。

　――天女《てんにょ》様みたい。

　隣に来たものの、あまりにきれいでしばらく言葉を失ってしまう。涙《なみだ》で潤《うる》んだ目が、不思議そうに彩琳を見つめていた。

　彩琳は彼女の隣に腰かける。

『わたし、彩琳』

少女の形のいい唇が薄《うす》く開いて、しばらくしてから消え入りそうな声が返ってきた。

『……令霞』

彩琳は煌の田舎《いなか》の生まれで、肌や髪《かみ》、目の色の違《ちが》う人は王都に来て初めて会った。都では、異国人や、異国の先祖を持つ人たちが非常に多い。異国人の官吏でさえ珍しくはなかった。

『あの、わたし青蘭州から来たの。あなたは？』

当たり障《さわ》りのない話題を選んだつもりだったが、令霞の目元と頬《ほお》が濃《こ》く染まる。しばらく困ったような顔をしてから、ぽそっと呟《つぶや》く。

『母様は胡人で、父様はもっと遠くの人。隊商の娘だったから、あちこちにいて……だから、どこから来たって、うまく言えない。ごめんね』

胡人は特に西域の人を指す言葉だが、単に異国人という意味でも使われる。西域の人は赤い髪に青い瞳をしているという。彼らは普段《ふだん》使う言葉も異なっているが、煌国の言葉に合わせた姓名《せいめい》を持つことが多かった。

しょんぼりとした令霞に、彩琳はとんでもないと首を横に振《ふ》る。

『すごいのね。わたし、自分の故郷と、喜花坊に来るまで通ったところ以外、何にも知らないわ。どんなところに行ったの？』

令霞の目が少し輝《かがや》いた。人見知りなのだろう。恥《は》ずかしそうに、裙《くん》の腿《もも》のあたりをきゅっと握ってから話し始めた。

『いろいろ。大きい岩が壁みたいに何重にもなってる所に、金色の砂が流れてる砂漠《さばく》、荒《あ》れた土地の中で、そこだけ天国みたいに水が湧《わ》いて、きれいな花が咲《さ》いてる場所も』

『そんなところがあるの？』

見たことも聞いたこともない風景に彩琳はわくわくして尋《たず》ねる。令霞はちょっと頷いて、その時、初めて笑った。

――かわいい。

恥ずかしそうに、でも一生懸命《いっしょうけんめい》ぽつぽつと話す令霞を見ていたら、会って少ししか経《た》たないのに、彩琳は彼女を好きになっていた。

後で聞いたら一つ年上だったけれど、彩琳は令霞を妹のように思う気持ちが抜《ぬ》けない。

その日から、彩琳と令霞は、央蓮が訪ねてくる時の他《ほか》は、ほとんど毎日一緒《いっしょ》に過ごしている。

二人とも、もぐもぐと餅を食べていた。令霞はおいしいおいしいと言って食べている。踊りが専門だから、修練の後はお腹《なか》が空くらしい。

あちこちから楽の音や歌声が聞こえた。

餅を食べ終えて人心地《ひとごこち》ついた令霞は、草の上にころりと横になる。彩琳は琴を膝の上に載《の》せて、習ったことを思い出していた。

どこかから、寂《さび》しげで、長雨を思わせるような琵琶《びわ》の音が聞こえ始めた。

「……ねぇ、これ、琵琶の幽霊《ゆうれい》？」

令霞が不安そうな目で彩琳を見上げた。喜花坊《きかぼう》に伝わる噂《うわさ》の一つだ。彩琳は琴の弦《げん》を指先で押さえたり外したりしながら首を傾《かし》げた。

「琵琶の幽霊って、前の皇帝《こうてい》の寵姫《ちょうき》のこと？」

令霞は「えぇっ！」と驚《おどろ》いて目を見開いた。

「じゃあやっぱり、本当にいるの？　幽霊が弾《ひ》いてるの？」

「琵琶の巧《うま》い寵姫がいたのは本当みたいよ。うちで働いてるお婆《ばあ》さんが、そういう昔の噂話に詳《くわ》しくて。お姐《ねえ》さんたちからも聞いたわ」

飛び起きた令霞が彩琳の被帛《ひはく》に摑《つか》まる。

「大丈夫《だいじょうぶ》よ、令霞。これは幽霊の音じゃないわ」

「じゃあ何で琵琶の幽霊なんて噂が立つの？」

令霞は隊商の娘《むすめ》として、旅暮らしを続けてきたという。先代の頃《ころ》の都の情勢にあまり詳しくないようだ。とはいえ彩琳にとっても幼い頃のことなので、全《すべ》てここで聞いた知識だった。

「先帝《せんてい》の寵姫が、継承《けいしょう》争いの頃、殺されたのか逃《に》げたのか、いなくなったみたい。そのせいで幽霊の噂が立ったんだって聞いたわ」

被帛を摑んでいた手を緩め、令霞は琵琶の音の出所を探すように視線を彷徨《さまよ》わせた。

「何で、寵姫はいなくなったの？」

「先帝には子どもが沢山《たくさん》いたみたいで、王子も多かったらしいの。でも、一時期沢山亡《な》くなって……、病や事故って記録されてる人もいるけど、継承争いのせいだと思う」

央蓮が言っていたように、王宮においてこうした死は珍しい話ではない。

誰が裏で手を引いていたかまでたどり着けたかはともかく、毒殺や刺殺《しさつ》など、明確に殺されたとわかるものも、多くの記録が残っている。

しかし、基本的には時間をかけ、非常に静かに、水面下で継承争いは行われた。少しずつ、王子や妃《きさき》が亡くなり、あるいは彼らの後ろ盾《だて》だった貴族が、急に病死したり、盗賊《とうぞく》に押し入られて亡くなった。そのほぼすべてが暗殺だろう。十年以上、散発的に貴族や王族の死を繰《く》り返し、継承者の数は減っていった。

名君と言われた皇帝だが、晩年は老いのためか表に出ず、崩御《ほうぎょ》を前にしてようやく後継《こうけい》を定めた。

今の皇帝は、その争いを生き抜いて地位に就《つ》いたのだ。

「……楽宮への寵が深かったから、子どもが出来たら他の王子より優遇《ゆうぐう》されるかもしれないって思われたとか？　でもこの噂、聞く人によって違うの。実は子どもがいたから殺されたとか、他に恋人《こいびと》がいてその人と逃げたとか、寵姫がいたのは本当だけど、いなくなった理由は不確かすぎるし、幽霊っていうのは本当にただの噂なのよ」

きゅっと眉《まゆ》を寄せて、令霞は悲しそうな顔で彩琳を見つめる。

「彩琳、絶対央蓮様のお妃になっちゃだめだよ。危ないから！」

「ならないわ。向こうだって、妃にするつもりはないだろうし」

実際に老女からこの話を聞いた時、こうも言われた。きっちり央蓮の懐《ふところ》に入り込んでおかねば、妃にもなれず子も楽宮となる。貴人の子を産んで持て余し、喜花坊から逃げた楽宮もいる。だから誠心誠意央蓮に仕え、分をわきまえつつ側室におさまれるよう努力しろと。悪い人ではないのかもしれないが、彩琳とはそりが合わない。

令霞にも、央蓮との本当の関係は伝えていない。それを言えば、自分の中にある醜《みにく》い復讐《ふくしゅう》心まで、この友達に知られてしまう。令霞に、そういう自分を知られたくなかった。

「それに、これは生きてる人の音よ。寂《さび》しいだけじゃなくて、すごくきれいだもの」

喜花坊では時折、この琵琶の音が響《ひび》く。かなりの名手だ。令霞も音色に耳を傾《かたむ》ける。

「でも、誰《だれ》も姿を見たことないんだよ？　こんな腕前《うでまえ》だったら、評判になって、すぐ玉をもらって内人になってるでしょ？」

「引退した人か、師範《しはん》が隠《かく》れて弾いてるんじゃない？　それか、まだ小さな子とか」

楽宮同士で家族になる者もいて、その子もやはり楽宮となる。まだ宴席《えんせき》に出たことのない子どもではないかと言うと、令霞は首を捻《ひね》る。不審《ふしん》には思いつつも、恐怖《きょうふ》は薄れたようだ。

「ねえ令霞、そろそろ稽古《けいこ》しましょ」

「うん」

令霞が身軽そうな動きで立ち上がった。

空き時間に二人で稽古をするのが習慣になっていた。彩琳が弾《ひ》く琴《きん》に合わせて令霞が踊《おど》る。

「令霞はどんなふうに踊りたい？」

「いつもの曲だったら、寂しい感じかなぁ。悲しいけど、人に悲しいって言わないの」

その答えに彩琳は頷《うなず》く。いつも、どんな風にしたいか聞いてから稽古をする。それに合わせて曲を弾き分ける手腕《しゅわん》はないが、令霞がどんな思いで踊っているのかを知りたかった。

琴は、箏《そう》と違《ちが》って琴柱《ことじ》がない。琴の胴《どう》に打たれた点を頼《たよ》りに片手で弦を押さえて音階を変え、もう片方の指で弾く。

山水や河に喩《たと》えられるその音は、少し重く、そして深い。

ゆったりとした悲しげな旋律《せんりつ》は、彩琳が一番ちゃんと弾ける、最も簡単な曲だった。二人で一緒に稽古する時はこの曲が多い。これ以上曲調が速くなると、両手の指をどこにどうしていいのか途中《とちゅう》で混乱して、音がめちゃくちゃになってしまう。

彩琳も令霞も、教坊の中では落ちこぼれだ。

だが、令霞が落ちこぼれている理由は、彩琳とは全く違う。もしかすると琵琶の幽霊も、令霞と同じなのだろうか。

曲の始まりに合わせて、令霞が踊り始めた。

——きれい。

微《かす》かに背筋が震《ふる》えた。

地についた足から、高く上げた右手の細い指の先までが、ただそれだけで美しい。

風にしなる一本の花のようだった。

令霞は舞踊《ぶよう》の名手として、招かれて喜花坊にやってきた。定住しない隊商の娘で、ずっと家族や仲間の前で踊ってきたのだろう。急に家族と引き離《はな》され、人前に出すのに足るかという厳しい目に晒《さら》され、自由に体が動かなくなってしまっている。元々、恥《は》ずかしがりやで、人見知りで、控《ひか》えめな性格だ。叱《しか》られ続けて教坊《きょうぼう》ではすっかり萎縮《いしゅく》していた。

ずっと二人で稽古を繰り返すうちに、彩琳の前では、踊れるようになった。

彩琳の奏《かな》でる拙《つたな》い音に合わせて、令霞の四肢《しし》が動く。人の体が、こんなに優雅《ゆうが》に、自由に動くものだと知らなかった。

内人にも、これ程《ほど》の踊り手はいないだろう。

「令霞、指先は反らさない方がいいわ」

「こう？」

「次の音で、視線を横に逸《そ》らしてみて」

悲しく揺《ゆ》らぐ旋律に合わせて、そっと視線が逸れる。

「……きれい」

彩琳の言葉に、令霞は滲《にじ》むように笑った。彩琳はドキッとしてしまう。踊りやすいように、一定の拍《はく》を意識して曲を弾いていたが、令霞に目を奪《うば》われて、次どうするかわからなくなった。

――次の音は？　あれ、弦《げん》は手前側に弾《はじ》くんだっけ？　それとも奥？

覚束《おぼつか》ないまま続きを弾こうとした。指が琴に打たれた点からずれる。音が外れ、不自然に揺れる。

さらなる焦《あせ》りに次の指が迷う。弦を弾くはずの指が動かない。

次の瞬間《しゅんかん》、音は鳴らないはずだった。

琴よりも軽い音が、その曲の続きを弾《ひ》いた。

どきりとしながら、彩琳は曲に戻《もど》る。でも音が外れ、拍がずれる。しかし、

——どういうこと？

まるで、そう弾いたのが正しかったかのように響いた。彩琳の音に少し遅《おく》れて、和する音が重ねられ、その音は拍子《ひょうし》を刻むように、彩琳を導くように曲を続ける。

それはあの琵琶《びわ》の音だった。

これほどの名手が、何故《なぜ》宮城ではなく喜花坊にいるのか、令霞のように人前で畏縮《いしゅく》するのでなければ——その答えは彩琳にはわからない。

「お願い！　続きを弾いていて！」

彩琳は見えない琵琶の奏者にそう告げた。その言葉は届いたらしい。琵琶の音は曲を奏で続ける。いつもは自分が弾くのにいっぱいいっぱいで、できなかったことがある。

「令霞もそのまま踊って」

この曲は、教坊で最初に習う曲だ。最も簡単だからだ。宴席で弾かれることもない。だが、

簡潔だからこそ、人に伝わる率直《そっちょく》な響きを持っている。

あと数節で、この曲は一番の盛り上がりに達する。令霞の腕《うで》がしなる。

「令霞、そのまま……止まって」

悲しい旋律の中で、静かに令霞の時間が止まる。流れていく音に置き去られたように、そっと止まった踊り手の時間は、切々と動くよりもずっと、その悲しさを表していた。

それ以上は何も言わなくても、次にどうするかは令霞と琵琶の奏者に伝わっていた。

音が消えたわずかな一瞬《いっしゅん》の後、令霞と琵琶の旋律は、再び同時に動き出す。

この瞬間の美しさを知る者が、自分しかいないことを、彩琳は悔《く》やんだ。

曲の最後の一音が弾かれ、その響きが静かに消えていく。

彩琳と令霞は目を合わせて、息を一つついてから、高い声を上げた。

「よかったよね!?」

令霞の言葉に彩琳は何度も頷く。

「うん、すっごく良かった！」

令霞は、本当に嬉《うれ》しそうだ。踊るのが好きでたまらないのが、一緒《いっしょ》にいてわかる。

彩琳も令霞とこうしている間は、暗く重たい憎《にく》しみを忘れられる。この時間は音楽や踊りの美しさで一杯《いっぱい》で、その時間は、満ちたりていて楽しい。

高揚《こうよう》が落ち着くと、彩琳は上を向いて、姿の見えない相手に声をかけた。

「ありがとう！　すごかったわ！」

返事はないだろうと思っていた。しかし、少し離れたところの木の枝が、ガサガサと揺れた。人の背丈《せたけ》よりも高い位置にある太い枝に片手をかけて、すとんと身軽そうに誰《だれ》かが下りてくる。その片手には、琵琶と撥《ばち》があった。

琵琶の幽霊《ゆうれい》の正体は、美しい姫《ひめ》ではなく、淡《あわ》い茶色の髪《かみ》をした、背の高い若い男だった。

彩琳は令霞と顔を見合わせた。琵琶の奏者はこちらに近づいてくる。

その人は、瞳《ひとみ》は髪と似た色をしていて、肌《はだ》は白い。目元が深く、鼻が高いが、髪や瞳の色を除けば胡人にも煌人にも見える容姿をしていた。甘く、優《やさ》しそうな顔立ちをしている。

二人の前に来て、彩琳を見つめた。央蓮や令霞と共にいて、整った顔には耐性《たいせい》がついたつもりでいたが、また系統の違う美形にじっと見られて彩琳はたじろぐ。

目の前の青年が、にこっと笑った。品のいい顔立ちに浮《う》かんだ笑顔《えがお》は朗《ほが》らかで清潔で、そしてとても、人なつこい。

「名前を、教えてくれる？」

高くも低くもない、素直《すなお》に耳に馴染《なじ》む声をしていた。声も、優しそうな響《ひび》きを持っている。

「……彩琳」

青年は令霞にも視線を向けた。令霞は知らない人に緊張《きんちょう》したのか彩琳の袖《そで》をきゅっと摑《つか》む。

「令霞」

消え入りそうな声で令霞が名乗る。令霞は誰から見ても飛びぬけてきれいだ。彩琳は彼女を守るように一歩前に出た。

「あ、あなたの名前は？」

「泰波《たいは》」

彩琳はおずおずと青年を見上げた。

「あなたが、琵琶の幽霊？」

「生きてるけどね。まぁ、幽霊っていうのも、そんなに間違《まちが》いじゃないかもしれない」

泰波は高い背を屈《かが》めて、彩琳と目線を合わせる。

「面白《おもしろ》い才だね」

彩琳を見て泰波は呟《つぶや》いた。彩琳と令霞をちらりと見る。

「あの、踊《おど》ってたのは令霞の方よ」

「うん、ちゃんと君の話だよ」

才なんてない。毎日毎日、教坊《きょうぼう》の師から幾度《いくど》となく言われているのだ。あのひどい琴《きん》が面白かったのだろうか。

――巧《うま》い人には逆に弾《ひ》けないみたいな意味？

「俺やその子とは違うね、音でも動きでもない。形のない才だ」

何を言われたかわからず、問い返そうとしたが、夕暮れが近いことを告げる鼓《こ》の音が鳴って、泰波への挨拶《あいさつ》もそこそこに、令霞と彩琳は各々《おのおの》の住まいへと急いだ。

央蓮は、久しぶりに宮城に来ていた。皇帝《こうてい》の息子《むすこ》とはいえ、皇太子ではない。央蓮が今自分の手に持っているものは、名前だけで実務のない官位だけだ。

もっとしっかりと形のあるものが、この手に欲しい。欲しくてたまらない最たるものは、この国だ。

昔から、欲しいと思ったものは、余さず手に入れたい性分《しょうぶん》だった。自分でもこういった強い希求がどこから来るのかわからない。だが、そんな自分を嫌《いや》だとも思っていなかった。

東宮《とうぐう》にある暁徳殿《ぎょうとくでん》に着き、宦官《かんがん》に案内されたのは、庭の池の側《そば》にある亭《あずまや》だった。

亭の椅子《いす》に座り、池を眺《なが》めていた人の姿を見て、央蓮の表情はわずかに緩《ゆる》んだが、本人にその自覚はない。

「本日はお時間をありがとうございます、殿下《でんか》」

「殿下なんて他《た》人行儀《にんぎょうぎ》はやめてくれ。久しぶりだね、央蓮」

央蓮を迎《むか》えたのは、煌国皇太子、赫義宵《ぎしょう》だった。皇帝の同母の弟で、央蓮にとっては叔父《おじ》にあたる。央蓮ともよく似た面立《おもだ》ちだが、義宵の顔はそれよりも鋭《するど》さがなく、表情も柔《やわ》らかい。

「では、叔父上《おじうえ》。お体の加減はいかがですか」

義宵は体が弱く、昔から長く臥《ふ》せることが多かった。最近は体調を崩《くず》すことは減ったようだが、央蓮は昔から慕《した》う叔父の体調をいつも気遣《きづか》っている。

「暖かくなってきたから、調子がいいよ」

皇太子ではあるものの、義宵には子がない。正確に言うと、妻子をすでに亡《な》くしている。義宵の許《もと》へ娘《むすめ》を送り込もうとする貴族は多くいるが、それをことごとく退けていた。

「外で悪いね。屋内では、誰がひそんで聞き耳を立てているか、わかったものではないから」

「構いません」

促《うなが》されて椅子に腰《こし》かける。亭から見える池の水面は静かで、空の色と、側に植えられた咲《さ》き初《そ》めの海棠《かいどう》の花が映りこんでいた。暖かく長閑《のどか》な陽気だが、亭の屋根の下はひんやりとして涼《すず》しい。薄青《うすあお》い影《かげ》の中で、義宵は声を潜《ひそ》めた。

「……蘇侍郎《じろう》が、王子の後見に立とうとしているらしい」

王子の後見に立つ、つまり、自分の息のかかった王子を皇太子に立て、ゆくゆくは後ろからこの国を操《あやつ》りたいのだ。

「周家《しゅう》から来た妃《きさき》の王子でしょうか」

央蓮の表情が引き締《し》まる。義宵は首を横に振《ふ》った。

「まだわからない。あの子はまだ幼すぎるけど、可能性はある」

「調べておきます」

央蓮の言葉に「頼《たの》むよ」と頷《うなず》き、深く息を吐《は》いた。

「すまないね、央蓮。お前の母上の一族には申し訳ないと思っているが、蘇司山は陛下の信が厚い。私があまり動くことも出来ないんだ」

「もし叔父上が動かれて、陛下との間に不和があると噂《うわさ》が立っては乱れの元。そのお言葉だけで充分《じゅうぶん》です」

央蓮の母は、有力貴族、羅《ら》家の生まれである。しかし、母方の親類はここへきて幾人《いくにん》も、辺境に追いやられたり、官を退かされた。中書侍郎になった蘇司山の手でだ。

「外戚《がいせき》の強さを思えば、私は最も陛下から遠ざけておきたい人間なのでしょう」

「今でもこの専横ぶりだ。いつまでも野放しにはしておけない」

義宵が皇太子に立ったとき、民《たみ》だけでなく、官吏《かんり》の多くは驚《おどろ》いた。病弱で子も無く、優秀《ゆうしゅう》だとも思われていない。

「御史《ぎょし》台《だい》時代にどんな手を使ったか、ずいぶんと色々な貴族の弱みを握《にぎ》ったらしい。それを裁くならまだしも、脅《おど》して便宜《べんぎ》を図《はか》らせているようだ」

――叔父上は聡明《そうめい》だ。

央蓮は、叔父が兄である父を支えて皇帝に押し上げたことも、そして自ら皇太子の位を望んだことも知っている。

しかし、義宵は皇帝となることを望んで皇太子となったのではない。

「蘇侍郎が王子の後ろ盾《だて》になるつもりだとは。……継承《けいしょう》争いなど、無駄《むだ》に血が流れるばかりだ。そして一度血が流れれば、流し切るまで収まらない。だが、蘇侍郎のように、それに乗じて政敵を殺す名分に使うなど論外だ」

遠い目をした義宵の顔を、央蓮は見つめる。おそらく皇帝はそのまま、義宵に後を継《つ》がせるだろう。

――陛下と叔父上は、おそらく私たちの代に対しては禅譲《ぜんじょう》を考えておられる。

まだどうなるかわからない年若い王子を皇太子に据《す》えるのではなく、子のない義宵を皇太子としたことで、義宵の次に誰が皇太子、そして皇帝になるかわかりにくい状況《じょうきょう》にある。

そうして作った時間のうちに、次代を見定めるつもりなのだ。そして、義宵が皇帝となったら、選んでおいたものをすぐ皇太子に立て、暗殺や廃《はい》太子という事態になる前に速《すみ》やかに禅譲する。

先帝《せんてい》の代では、継承争いのために多くの血が流れた。その後始末にさえ、今も血が流れている。それを央蓮たちの代では最小限にしようとしている。

心のうちの憤懣《ふんまん》や苦々しさをごまかすような笑みが義宵の顔に浮かんだ。

「しかし、蘇侍郎の働きによって多くの策謀《さくぼう》が表に引きずり出され、暗躍《あんやく》がしにくくなったことは事実だ。陛下はそこを評価している」

央蓮は頷く。暗殺と思《おぼ》しき死は、治世が変わり、目に見えて減った。皇太子の候補を手当たり次第《しだい》殺せば露見《ろけん》する危険性が高い。有力候補に狙《ねら》いを定めようにも、それがわからない状況が出来ている。

だから、外戚が蘇司山に圧力をかけられている央蓮に対して、義宵は手助けをしない。ここで央蓮の外戚を助け、次の皇太子が央蓮だという噂が立てば、央蓮の命を狙う者が現れる。

――宰相《さいしょう》を目指す蘇司山にとって、母の身分が高い私は、外戚が力を振るってきた時に御《ぎょ》しにくい。

それゆえ、今から央蓮の後ろ盾を地方に飛ばし、央蓮が皇太子となる道を阻《はば》んでいる。おそらく、蘇司山自身は外戚の弱い王子の後見に立つつもりだろう。

――しかし、このくらいのことを自分で切り抜《ぬ》けられねば、皇太子にはふさわしくない。

央蓮は自分を愚鈍《ぐどん》だとは決して思わない。だが、飛びぬけた何かがあると自惚《うぬぼ》れてもいない。

だからこそ、蘇司山を追いやることで、自分がこの国を得るに足ると証明したかった。

義宵が、何かを思い出したように表情を緩めた。

「央蓮はまだ、結婚《けっこん》はしないのかい？」

王族で十九歳であれば、妃がいておかしくない年齢《ねんれい》だ。央蓮は皮肉っぽいため息をついた。

「皇帝陛下の即位《そくい》前までは数え切れぬほどの話がありましたが、即位後『改めて占《うらな》ったら相性《あいしょう》が悪く、娘がこの国の憂《うれ》いの元となるのは臣の恥《はじ》』と、ほとんどいなくなりました」

残った娘は、賢《かしこ》く強く妬心《としん》を抱《いだ》かずという央蓮の基準に適《かな》わなかった。

義宵は苦笑《くしょう》した。

「央蓮が皇太子になると思っていたんだろうね」

おそらく多くの娘たちは改めて義宵の妃候補として送り込まれたのだろう。義宵は皇太子となってから、新しい妃を一人も迎えていないので、目論見《もくろみ》はかなわなかったことになるが。

「今の私に嫁《とつ》がせるのは、博奕《ばくち》のようなものでしょう。ただの王族の妻にしたところで、自分たちの権力の糧《かて》とはならない」

はっきりした央蓮の言葉に、義宵は困ったような顔をした。

「……王族の結婚は、どうしてもそういう側面が強いものだけど、君に熱心に通っている寵姫《ちょうき》がいると聞いたものだから」

まずいな、と思った。義宵相手だったので、あまり繕《つくろ》うことなく会話をしてしまっていた。結婚のことを尋《たず》ねられた時、まずは彩琳のことを問われたという反応をすべきだった。

照れているように見えればいいと思いながら、央蓮は笑顔《えがお》を作る。

「あの娘《むすめ》は、まだそう長い付き合いではありませんし、そういうことになった時、身分を思えば苦労も多いでしょうから」

「どんな形でも、央蓮の側に誰《だれ》かいてくれるのは安心だな、どんなお嬢《じょう》さんなんだ？」

「子犬のような娘です」

考える間も無く答えた央蓮に、義宵は声を出して笑った。その反応に首を傾《かし》げる。

「いや……、ふふっ、すまない。ずいぶん可愛《かわい》らしいと思ったんだ」

央蓮にしてみれば、子犬というのはキャンキャンとよく吠《ほ》え、どこか頼《たよ》りなく、頭が丸く、成犬よりも顔だちがぼんやりとしている印象だったが、義宵はその言葉を良いようにとったらしかった。

「楽宮だったね、特技はあるの？」

央蓮は首をゆったりと、大きく、横に振った。

「ありません。よい娘で、私は能もあると思うのですが、今の教坊《きょうぼう》では評価されません」

一度言葉を切って、義宵の表情を窺《うかが》う。返ってきたのは穏《おだ》やかな視線で、央蓮は胸のあたりに少し力を込めてから口を開いた。

「……そのことについて、少し無理を通してみようかと思っているのですが」

「結果の伴《ともな》う無理なら、たまには悪くないさ。それが新しい道を開くこともあるからね」

その言葉に央蓮はほっとした。すでに根回しは済ませてある。問題は、彩琳がやり遂《と》げられるか否《いな》かだが、やってもらうしかない。

しばし二人で話してから、次の予定があるという義宵の許を辞した。

央蓮は叔父《おじ》である義宵を深く信頼《しんらい》しているが、彩琳との本当の関係は言わずにおいた。

――これから、先触《さきぶ》れを出して会いに行ってみるか。気になることもある。

彩琳の家に赴《おもむ》くのは、文《ふみ》と違《ちが》い証拠《しょうこ》が残らず、ただ通っているだけと思われるからだが、部屋に行くのは嫌《きら》いではない。央蓮から見れば狭《せま》く小さい家だが居心地《いごこち》は悪くないし、彩琳は賢《さか》しさもなく素直《すなお》なので、騙《だま》されているかと疑って気を張る必要も無い。

義宵は、子犬と聞いて、どんな娘《むすめ》を思い浮《う》かべたのだろう。いつか会ったら、驚くのではあるまいか。あるいは、央蓮の言った通りの娘だと思うのか。

そんな日が来るわけはないのに、想像したらわずかに頬《ほお》が緩《ゆる》んだ。

暁徳殿を出たところで、背後から声をかけられた。

「これはこれは、央蓮王子」

穏やかというより、そう思わせるための作り声にしか聞こえない。振《ふ》り返ると、相手は貼《は》り付けたような笑みを深くして、央蓮に恭《うやうや》しく礼をする。

「蘇侍郎《じろう》……」

蘇司山は顔を上げて、わざとらしく暁徳殿を見上げた。

「皇太子殿下《でんか》と御面会でしたか。央蓮様とお話しだったのであれば、私などのために切り上げていただかずとも、いくらでもお待ち申し上げたものを」

嫌《いや》な男だ。義宵が央蓮と会う時間を、自分のために切り上げたのだと伝えてくる。上下の確《かく》認《にん》、央蓮への挑発《ちょうはつ》、会えば常にそうして相手との力関係や利害を量る。

「私が殿下に目通りを願ったのだ、殿下のご予定に合わせるのは当然のこと」

本当は義宵からの呼び出しだが、親しいと思わせないよう、いつも面会は央蓮から取り付けたことにしていた。

蘇司山は何度も頷《うなず》いて柔《やわ》らかい声を出す。この男への嫌悪《けんお》から、首の後ろの毛が逆立った。

「殿下は、皇帝陛下《こうてい》をお助けする身としてご多忙《たぼう》でいらっしゃいます。弱いお体を押してお会いになるのは、甥御《おいご》であられる央蓮様をかわいがっていればこそ。どうぞ殿下のお心の支えとして、楽しませて差し上げてください。新しい出会いもあった御様子《ごようす》、話題には事欠かぬでしょう」

閉じたように見える薄《うす》い目が、わずかに開かれた。感情も光もない。虫の目のようだ。

「蘇侍郎、殿下がお待ちなのではないか」

「ええ、ですが殿下はお優《やさ》しい方ですので、央蓮様と会って話していたと正直に申し上げればお怒《いか》りにはなりません」

無意識に握《にぎ》った拳《こぶし》の上に、血管が浮き出た。

——皇太子を待たせるほど、偉《えら》くなったつもりか。

「私が原因で蘇侍郎が殿下を待たせるなどあってはならぬこと。すぐに殿下の許《もと》へ参られよ」

促《うなが》せば礼をして暁徳殿の中へ入ろうとする。その背に、央蓮は声をかけた。

「それと、私が殿下の支えであればよいとは思うが、支えとするのも楽しませろと思うのも、殿下のお心一つ。それ以外の者が心の中を推《お》し量るは、不敬ではないか」

振り返ってにっこりと笑った蘇司山は、芝居《しばい》がかった声を出した。

「これは大変な失礼をいたしました。この司山、そのお言葉胸に刻みまする。それでは」

蘇司山が去った後も、央蓮はしばし暁徳殿を眺《なが》めていた。視線を断《た》ち切るように背を向ける。

彩琳のことは、民《たみ》の間で噂《うわさ》にもなっている。蘇司山の耳に入っているのは想定していた。ただ、央蓮が彩琳の出自を知っていることは、隠《かく》し通す必要がある。

——本当の寵姫だと思わせておかなくてはならない。彩琳は、私の奥の手になる。


彩琳の出した茶を飲んで、槙槙《しんしん》は長い息をついた。

「いやー、おれあの時は本当に死んだと思った。上から呼び出されて退官させられるんじゃないかって毎日ビクビクしてたよ」

槙槙、以前彩琳と央蓮のいた部屋に突入《とつにゅう》してきた、井槙根という官吏《かんり》だ。部屋に踏《ふ》み込んだときは、あれでも頑張《がんば》ってとりすましていたらしい。普段《ふだん》はこのくらい言葉が砕《くだ》けている。

喜花坊に配属されてからというもの、他《ほか》の官吏と違って楽宮とも親しく口を利《き》き、多少の無礼があっても怒《おこ》らないためか、気づけば付き合いのある楽宮の間では槙槙というあだ名が定着していた。

「あの時は本当にごめんね。おれが官吏ですってごり押ししたから入れちゃったけど、ちゃんとあのお婆《ばあ》さんと話せばよかった」

官吏の槙槙にぺこっと頭を下げられて、彩琳は驚《おどろ》いた。楽宮になってから、官吏に頭を下げられたのは初めてだった。槙槙は彩琳の反応には気づかなかった様子でお茶を一口飲む。

槙槙は、一度茶碗《ちゃわん》の中の茶に視線を落としてから、彩琳をちらりと見た。

「でさ、今日っておれ、何で呼ばれたのかな？　やっぱりまだ怒ってる……？」

「そんな根に持つ人じゃないから、大丈夫《だいじょうぶ》だと思うわ」

急な文での呼び出しで槙槙はこの家に来ていたのだが、文に用件は書かれていなかった。

その時「ようこそいらっしゃいました」と老女の声がした。彩琳と槙槙も部屋を出て、央蓮を出迎《でむか》え礼をする。

「お待ちしておりました」

「ああ」

央蓮は機嫌《きげん》が悪い様子だった。元々機嫌のよい顔をしていることなど少ないが、それにしても、今日はいつもの倍は剣呑《けんのん》な空気を全身から発散している。

隣《となり》の槙槙が、ほとんど聞こえない声で「あ、おれ死んだ……」と呟《つぶや》いた。

いつも通りの彩琳の部屋で、刺々《とげとげ》しい央蓮と、灰のように白い顔をした槙槙が、何も言わずに座っている。確かに不機嫌だが、槙槙がそこまで怯《おび》えるほどだとは思わない。

彩琳はそっとお茶を飲んでから央蓮を見た。

「今日は、どうしたの？」

聞こえているはずなのに、央蓮は何も言わずに茶を飲んでいる。

槙槙がプルプルと震《ふる》えながら、がばっと頭を下げた。

「本当に申し訳ありませんでした！」

央蓮は何のことだというような顔をした。顔を上げた槙槙は流れるように話し始める。

「あれですよね？　先日のことをまだお怒りだから呼び出したんですよね？　あの、おれ実は和国《わこく》ではそこそこの貴族の息子《むすこ》でしてできれば命だけはお助け頂けると……」

「別に、お前に怒ってはいない」

「えっ、だって、その肩《かた》……いやあの、違うんですか？」

央蓮は一度目を逸《そ》らして「嫌なことがあっただけだ」と言うと、槙槙に向き直った。

「井槙根、お前のことを少し調べさせてもらった。和からの留学生《るがくしょう》で間違《まちが》いないな」

「え？　はい。科挙に通り、今ではこの煌に仕える身となりました」

官吏なので通過していて当然なのだが、改めて言われると、槙槙が科挙に通ったのは、失礼ながら意外だ。

「まだ若いだろう。優秀《ゆうしゅう》なのだな」

おそらく二十過ぎだろう槙槙は「あー……」と言って視線を逸らし、頬を掻《か》く。

「あのおれ、科挙っていってもあれです、明算科で……」

科挙にはいくつか科があり、高官を目指す者が受けるのは明経科や進士科が多い。槙槙が受けたのは、いわゆる実務向きの科であった。槙槙の視線が更《さら》に泳ぐ。

「しかもあのー…………席次は、殿榜《でんぼう》です」

科挙は一位を状元と呼ぶように、順位に呼び名がついている。殿榜は、最下位だ。

「……及第《きゅうだい》となるだけでも優秀だ」

央蓮が慰《なぐさ》めるように口にして、槙槙は何とも言い難《がた》い笑顔《えがお》を作って「どうも」と頷く。

「何で、その、おれのことなんかお調べになったんでしょう？」

「最初、私と彩琳が二人でいた所に踏み込んで来ただろう。私は立場上、敵になる者も多くいる。お前が、私や彩琳を探《さぐ》る目的で来たのかと思ったのだ。私たちに気づかれたのを察し、官吏の仕事で来たと装うため、あえて逃《に》げずに部屋に踏み込んだのかもしれんと」

槙槙はぶんぶんと手と首を振って否定する。

「そのような者でないのは、調べてわかった。ただ、わからぬ点がある。部署をしばし点々とした末、ここに配属されているな。教坊《きょうぼう》は出世の当てがなく、年を取った者や左遷《させん》された者ばかりだろう。和の者は、文化の受容のために煌に来ると聞く。いずれ帰る身として遊学して過ごす者が多い中、閑職《かんしょく》に飛ばされながらも退官せず、わざわざ末端《まったん》の官吏の立場に留《とど》まるのが不思議なのだ」

　央蓮が、重そうに肩をさすった。それを見て、槇槇は非常に困った顔をした後で、なぜか気合いを入れるように自分の膝《ひざ》を摑《つか》んで口を開いた。

「……央蓮王子、ここに来る前、何人も人を殺してきたような人と会いましたか？　その、央蓮王子を嫌《きら》っているか、憎《にく》んでいるような人だと思うんですけど」

　央蓮が驚いた顔をした。彩琳も急な言葉にびっくりする。槇槇が眉尻《まゆじり》を下げた。

「最初は王子がおれに向けてるのかと思って死ぬ覚悟《かくご》決めたんですけど、誰《だれ》かからもらってきたやつみたいですね。呪《のろ》いとか、憎悪《ぞうお》の欠片《かけら》みたいなものです」

「確かに会った。……道士なのか」

　幾分《いくぶん》掠《かす》れた声で央蓮が尋《たず》ねると、槇槇が首を振《ふ》って否定した。

「修行《しゅぎょう》したわけじゃないんで、そういうのとは違《ちが》います。でも、おれがここにいる理由の全部はこれのせいです。おれの家、和じゃ結構位が高くって。中枢《ちゅうすう》にいて、こういうのが見えると厄介《やっかい》だっていうのは、わかってもらえますか」

　央蓮は頷《うなず》く。槇槇の膝の上の指先は、かすかに震えていた。

「だから、国を出たくて留学生として煌に来て、帰らなくて済むように官吏になりました。……この国って、継承《けいしょう》争いのころ、官吏の間にもかなり血が流れたんですね。まだ新しい、なんていうか、真っ黒いものがあちこちべったりくっついてて、おれ仕事中に吐《は》いちゃったり倒《たお》れたりして、左遷されたんです。喜花坊は宮中よりずっと少ないので、今は働けています」

　言いたくないことだったのだろう。槙槙の声は力なく、視線は俯《うつむ》きがちになる。隠したままでもよかったはずなのにと彩琳が思っていると、槙槙は心配そうに央蓮を見る。

「こんな話、あんまり人にするべきではないと思ったんですけど……、それ、結構強そうなので、道士の方にでも、なんとかしてもらってください」

「そうか」

「……あんまり口外しないでいただけると助かります。同郷の者たちにも、言ってないので」

　道士も方術士も当たり前にいて、広く信じられている。ただ、父が呪殺《じゅさつ》という嫌疑《けんぎ》で捕《つか》まった彩琳にとって、それらは不確かなものとしか思えない。

　――でも、槙槙が、善意で言っているのはわかる。

　人に打ち明けたくないことを、顔色を悪くして、不安で指先を震わせながらも口にしたのは、央蓮を案じてのことだ。

　央蓮が、槙槙を見つめた。

「今日呼び出したのは、もし信用にたるものなら、頼《たの》みたいことがあったのだ」

　頼みたいこととは何なのだろうと、彩琳も央蓮の言葉の続きを待った。

「彩琳の仕事を、手伝ってほしい」

予想していなかった言葉に、彩琳と槙槙が目を見合わせた。

「わたしの仕事なんて、誰かに手伝ってもらうようなことないわよ？」

仕事といえば宴席《えんせき》での下働きや準備の手伝いだ。官吏に手伝ってもらうことなどない。

「彩琳に、宴《うたげ》の差配の仕事を任せることにした。手伝いをしてくれる者が欲しい」

決まりきったことを言うような口調だが、彩琳にとっては何もかもが初耳だ。

「待って、どういうこと!?」

立ち上がって尋ねると、央蓮は彩琳をじっと見る。槙槙はよく分かっていないようだった。

「彩琳に楽宮として身を立てさせたい。歌舞音曲《かぶおんぎょく》、全《すべ》て駄目《だめ》であれば、これしか道がない」

宴席の差配、つまり、食事や設《しつら》え、歌舞の決定、演出までを、彩琳に任せるつもりなのか。

「彩琳、お前は、席糾《せききゅう》を専門とする楽宮になれ」

席糾。それは、宴席を糾督《きゅうとく》する者、宴全ての監督《かんとく》を担《にな》うということだった。

三　鳥籠の琵琶弾き

彩琳は、唇《くちびる》が震え、口がぱくぱくした。やっとのことで口から出た言葉は、

「無理！」

だった。

「難しく考えすぎだ、宴席の取り仕切りをするだけで構わない」

彩琳は腹が立った。央蓮こそ、その仕事を簡単に考えすぎている。

「そもそも宴席の価値など、物や金と違って不確かなものだろう。ああやって人をもてなすことに多少の効果があることはわかっているが、ある程度こなしさえすれば、評価もされる。足りなければ私の財から援助《えんじょ》をする。余《よ》程《ほど》のことでなければ失敗もしないはずだ」

「そんなわけないでしょ！　あなた楽宮の仕事舐《な》めてるの⁉　そんな簡単な仕事じゃないからわざわざ蓮花楽人《れんかがくじん》っていう位があるんでしょうが！」

央蓮は彩琳が一人で騒《さわ》いでいるのを呆《あき》れた顔で見ているが、呆れたいのはこっちである。

槇槇が、驚《おどろ》きに目を瞬《まばた》かせて彩琳を見ていた。敬語を使わない仲なのは知られていたが、普《ふ》段《だん》の気安い態度までは見せていない。余りのことにそうした気《き》遣《づか》いが抜《ぬ》けていた。

まずいと思ったのは央蓮も同じだったらしい。央蓮と彩琳が窺《うかが》うように槇槇を見ると、二つ数えるくらいの間を置いてから、槇槇が何かに気づいた顔をした。

「……まさか」

ドキッと身がすくむ。央蓮から、一時はなりを潜《ひそ》めた剣呑《けんのん》な空気が発散され、彩琳に向けられる。首がチクチクするような気がした。

「央蓮王子は、彩琳を正妃《せいひ》に立てるおつもりで？」

キラキラした目で槇槇が言って、彩琳は目だけ動かして央蓮を見る。初めて見る慌《あわ》てたような視線とかち合った。

「なんだか思っていたよりもずっと親密な様子ですし、身を立てさせるというのは彩琳を出世させるのが目的なのでは？　内人であれば妃嬪《ひひん》になるのも珍《めずら》しくないと聞きますし」

色々と違うが、蘇司山を陥《おとし》れるために手を組んでいるなどという本当のことも言えない。

――これ、話を合わせた方がいいの？

心の中でいくら尋ねても央蓮の返事などわかるわけもない。

きしむような動きで、央蓮の首が槇槇の方へ向けられる。

「…………そうだ」

央蓮が重々しく頷いた。

「いやー、おれ結構こういうの鋭《するど》くって……」

別に真実を言い当ててはいないが、槙槙は得意そうに頭を掻《か》く。

「……こういったことに巻き込んで済まないが、彩琳を側《そば》で手伝ってくれる者がいると、私も安心だ」

無理に出したような声だったが、槙槙は何度も頷く。

「わかりました。……この井槙根、力を尽《つ》くします！　ではその、おれは帰ります。逢瀬《おうせ》を邪《じゃ》魔《ま》しては、あれですからね！」

「ちょっと、いいの？」

照れたように笑って、きっちりと礼をして槙槙は去って行った。

「仕方ない」

榻《とう》の高欄《こうらん》に凭《もた》れて、央蓮は軽く目を伏《ふ》せる。眉《まゆ》はぐっと寄せられているので、本人もあまり嬉《うれ》しくはないのだろう。

「……ねえ、引っ込みがつかなくなって側室にしたりしないでね？」

「それはない」

即答《そくとう》されるとそれはそれで腹が立つ。こっちだってこんな高慢《こうまん》で勝手な男はお断りだ。

央蓮が目を開けてちらりと彩琳を見る。

「ただ、席料はやってもらうぞ。歌舞音曲が下手では、いくら引き立てようと内人になるのは難しい。席料はそのあたりのごまかしがきく。これを成功させれば、もっと大きい宴席に付ける。差配をする立場なら、今までよりずっと情報も入る。断る理由はないだろう」

確かに断る理由はない。しかし、本当に央蓮が思うほど簡単な仕事ではないのだ。ごまかしがきく、ある程度こなせば評価される、央蓮が懐《ふところ》から金銭を出せば解決する？　答えは否《いな》だ。わざわざ席糾という役職を設ける以上、その仕事があるからこそできることをしなければならない。今までの宴席にはない何かは、央蓮が金を積んだって得られないのだ。

それと、央蓮は、彩琳にまだ隠《かく》していることがある。

なぜ彩琳を選んだのかだ。姫瑾秀の娘《むすめ》なら、蘇司山に恨《うら》みを持っている。使いやすく裏切られにくいだろう。寵姫の許《もと》に通っているだけという言い訳も立つので、露見《ろけん》しにくいという利点もある。でも、それはあえて姫家の娘を選ぶ理由になるのだろうか。

——きっと、もっとわたしのこと信用するまで、言わないつもりよね。

知りたいことも、為《な》したいことも、とにかく任された仕事をやり遂《と》げなければ近づけない。

央蓮がこの仕事の難しさをわかっていないのは明白だが、すでにことは動き出してしまった。

自分を落ち着かせるために言い聞かせた。

——確かにわたしの腕《うで》じゃ、内人になれるかもわからない。これを好機にするしかないのよ。

彩琳は一度目をぎゅっとつぶってから開く。

「……やるわ」

蘇司山を追いやるためなら、何でもすると誓《ちか》った。

父のためだと一人頷《うなず》くと、歩揺《ほよう》の玉が応《こた》えるようにちりんと鳴った。


「すごいねぇ……！」

令霞は青い瞳《ひとみ》をキラキラさせて彩琳を見た。

「そんなに簡単じゃないのよ」

詳《くわ》しいところをよく分かっていない令霞に、ため息混じりにこぼす。

また教坊《きょうぼう》の裏手で、彩琳は令霞と一緒《いっしょ》にいた。普段と違《ちが》い、そこには泰波もいる。

あの日初めて会ってからというもの、泰波は彩琳の行く先々に現れる。教坊の空き部屋の中から出てきたり、坊内の小さな庭、時には屋根の上から現れることもあった。何でちょっかいをかけるのか尋《たず》ねてはみたが、「興味が出たから」としか言わない。会っても挨拶《あいさつ》するだけなので、特に迷惑《めいわく》ではないけれど、いきなり変なところから出てこられるとびっくりする。

今日は、近くから琵琶《びわ》の音が聴こえたので泰波を呼んでみたら、どこかの空き部屋で稽古《けいこ》をしていたらしく、少し間を置いてここにやってきた。

「ねぇねぇ、何の宴《うたげ》？」

令霞はキラキラした目で彩琳に尋ねる。泰波にも慣れてきたらしい。

「傍系《ぼうけい》王族の誕生祝いね。主賓《しゅひん》の王女さまに近しい人たちと、後は貴族が来るみたい」

「何するの？」

令霞に問われて言葉に詰《つ》まる。

「それを考えなきゃいけないんだけどね」

ため息をつくと、暗い表情の彩琳に令霞が不安そうな声を出す。

「大変なの……？」

「普段の宴は、前例に倣《なら》って開かれるから、やることが決まってるの。だから、音楽とか料理の内容が変わるだけなんだけど……。でも、今までと同じことをやるだけなら、わざわざ席糾《せききゅう》っていう役職を立てる意味がなくなっちゃうでしょ？」

「そっかぁ。じゃあ、何か新しいことしないといけないの？」

彩琳が重々しく頷くと、泰波は気の毒そうな視線を向ける。

「……君の王子様は、もう少し考えてから仕事を振《ふ》るべきだよね。先に彩琳と相談したほうがよかったんじゃないかな」

「そうなの……！」

そうなのである。いきなり仕事を振る前に相談してくれれば、彩琳だって難しさを説くなり、覚悟《かくご》を決めるなり出来たのだ。急に「席糾をやれ、成功させろ」と言われても困る。

「席糾か、王子様も面白《おもしろ》いこと考えるね。妓楼《ぎろう》や私的な宴では席糾がいるけど、公的な宴は先例通りにやるだけだから、楽宮にはあまりなじみがない。でも、個人の宴じゃ、喜花坊ほど自由に物や人を使えない。大役だ」

彩琳は眉尻《まゆじり》を下げ肩《かた》を落とす。

「そうなの……！」

「まだ年端《としは》もいかない君に任せる仕事じゃないと思うな」

その言葉に泰波を見ると、泰波は首を傾《かし》げる。

「……わたし、十七よ？」

「……それじゃ、俺と二つしか変わらないの？　ごめん、てっきり十四、五かと思ってた」

失礼な泰波の言葉に言い返そうとして、彩琳はあることに思い当たる。

「泰波って十九なの？　二十は超《こ》してると思ってたわ」

泰波はちょっと笑いながら、きれいな織りの袋《ふくろ》から琵琶を取り出した。

「よく言われる。片親が胡人だからかな、昔から上に見られやすいんだ」

「あたし、二人とも同じくらいの年だって、最初から思ってたよ」

令霞がにこにこしながら胸を張る。見た目はともかく、令霞も言動は少し幼く見えるのだが、それは黙《だま》っておいた。

泰波は琵琶を膝《ひざ》に載《の》せ、撥《ばち》で弦《げん》を弾《はじ》いて調弦《ちょうげん》を始めた。

「まぁ、権限は大きいけど、先例通りの普通《ふつう》の宴を作るだけでいいと思うよ。普通にやって、ちょっと高価な食事や衣装を出せば、成功ってことになるんじゃない？」

芸に秀《ひい》でた泰波が、宴席《えんせき》の出来を軽視するようなことを言うのが、彩琳には意外だった。

「そもそも貴族たちは、芸術の良しあしを解す奴《やつ》らじゃないんだよ。どれだけの銭《ぜに》に換《か》えられるかでしか量れない」

「そうじゃない人もいるわ」

彩琳の父は、芸術をこよなく愛し、書画を集め、琴《きん》を弾くのが趣味《しゅみ》だった。それに合わせて母が歌うのを、幼い彩琳はいつも幸せな気持ちで聴いていた。

「そうじゃない人もいるかもしれないけど、お金や豪華《ごうか》さでしか量れない人は、貴族王族には多いんじゃない？　君の王子様が、その筆頭だろう？」

そう言われると、彩琳は言い返せない。確かに央蓮は形のないものの価値は不確かだから、ごまかせると言っていた。そして、豪華さで心が動くのもわかる。価値があるものを相手に渡《わた》す行為《こうい》は、やはりもてなしの一つの形だからだ。

泰波が、最後の弦の張りを調整しながら、撥で弾いていく。ある一点で、音が整う。調弦の具合を確かめるように、全《すべ》ての弦を弾いた。一音一音が完璧《かんぺき》だからだろう。重なった音には嫌《いや》な響《ひび》きがみじんもない。

彩琳がその音の余韻《よいん》を聞いていると、泰波はちょっと笑った。

「でも、彩琳がどういう宴を作るかは見てみたいな」

泰波は指を慣らすように琵琶を弾く。のんびりとした曲だった。

「最初は自由に考えてみて、それでも駄目《だめ》だったら王子様に頼《たよ》れば？」

「あたし、なんでも手伝う。どれだけ難しいのかわかんないけど、彩琳ならできるよ」

彩琳の袖《そで》をつまんで令霞がニコッと笑う。

目的の第一歩だ。失敗はしたくない。でも、ここで悩《なや》み続けても成功するわけではない。

「俺も、君ならできると思う」

二人の励《はげ》ましに根拠《こんきょ》はないだろうが、応援《おうえん》してくれる人がいると心持ちが違った。

そして、どんなに難しくとも、これは央蓮が無理を押して作ってくれた好機だ。

——そうよ、蘇司山に復讐《ふくしゅう》して、その後蓮花《れんか》楽人《がくじん》になって父上の名誉《めいよ》を回復するのが、私の目標でしょ！　失敗したら終わりなんだから、成功させるしかないじゃない！

そう自分を鼓舞《こぶ》して、彩琳は拳《こぶし》を握《にぎ》って立ち上がる。

「わたし、頑張《がんば》る。絶対に成功させるわ！」

それでも駄目なら、央蓮の財力で解決しようとこっそり思いつつ、彩琳は開き直った。


しかしながら、初めての仕事というのは、そうやすやすと進められるものではない。

まずはどうしても、勉強が必要だった。どの曲がどんな時に演奏されるのか、料理や調度の裏に込められる意味、貴族同士の歴史的な関係、こういうものを知らずに誤ったものを選んでしまうと、もてなすつもりが無礼になってしまうこともある。

急に、明るい曲が聞こえてきた。曲調は明るいが、このどこか寂《さび》しげな音を、彩琳はもう聴《き》き間違《まちが》えない。勉強のために借りていた教坊の一室の窓を開ける。

「どこにいるの？」

音はすぐに止《や》んで、泰波が隣《となり》の窓から顔を出した。

「最近頑張ってるみたいだし、明るい曲を聞いたら、元気になるかなと思って」

すぐ窓は閉じられ、廊下《ろうか》側から彩琳のいた部屋へと移動してきた。

「神出鬼没《しんしゅつきぼつ》ね」

「……することがないんだ。俺、宴席には出られないから」

書類を広げていた几《つくえ》に腰《こし》かけ、膝の上に琵琶を載せた。

「…………そうなの？」

これだけの腕《うで》を持ちながら、披露《ひろう》する機会が一度もなかったということか。

「たまに、人に琵琶を教えに行くくらいしか、俺の仕事はないからね」

泰波が琵琶の表面をそっとなでた。明るい色の木肌《きはだ》で、胴《どう》を横切るように朱《しゅ》で模様を彩色《さいしき》された革《かわ》が貼《は》ってある。同じように朱で模様が描《えが》かれた象牙《ぞうげ》の撥を、泰波は手のひらの中でもてあそんでいた。

楽宮は、国に仕えるのが仕事だが、富裕《ふゆう》層は自分たちの宴席に喜花坊《きかぼう》の楽宮を呼び出すことも出来る。格式を気にする貴族や士大夫《したいふ》が、自分の財を見せつけるために行う宴《うたげ》だ。時折こうした仕事が舞《ま》い込むことはあったが、外に楽器を教えに行く仕事もあるとは、楽器の出来ない彩琳は知らなかった。それよりも、驚《おどろ》いたことがある。

「……宴席に出たことがないの？」

「令霞って、呼ばれて来た子だろう？　最初見た時もすごかったけど、普段《ふだん》歩いてるだけでも、身のこなしが人と違《ちが》う」

質問には答えず、泰波はそう言った。

「えぇ、そうね……招かれたって聞いたわ」

「俺は違う。ただ、閉じ込めるためだけにここに置かれてるんだ。出来るだけ、俺の顔も見せたくないみたい。だから、人が沢山《たくさん》いる宴には出られない。琵琶《びわ》を教えてるのも、退官したよぼよぼの老人だけ」

こともなげな言葉に、彩琳は何も返事が出来なかった。

泰波は、彩琳と同じで、監視《かんし》下に置くために楽宮とされたのだろう。しかし、彩琳でさえ楽宮の仕事で坊を出て、宴に出ている。ここまで拘束《こうそく》されなければいけない理由は何なのだ。

——それよりも、ずっと、ただ一人で、この腕を磨《みが》き続けてきたの？

聴く人もなく、することもない喜花坊の中で、ずっと。

「……俺のこと怖《こわ》くなった？」

彩琳を試《ため》すような、柔《やわ》らかいのに危《あや》うい笑顔《えがお》に「いいえ」とはっきり答えた。その笑顔以上に、彼の声の中に微《かす》かに響く寂しさが、彩琳の胸に届いた。

「わたしも、多分、あなたと似た境遇《きょうぐう》だから」

「そう。……俺も、彩琳とは似てるんじゃないかって思ってた」

泰波はいつもの人なつこい笑みを浮《う》かべて、彩琳が広げていた曲目を見た。

「何か調べてるの？」

「今は、とにかくどういう由来があるかを覚えてるの」

泰波は、曲目の一つを指でなぞってから、琵琶をつま弾《び》いた。

「煌が出来る前、戦乱が多かった時代に、ある武将が仮面を被《かぶ》って戦っていたんだ。顔が優《やさ》しくて士気が下がるからって。それから、これを元にした仮面の舞踏《ぶとう》が出来て、それに合わせた曲。……こっちは、水が豊かで、農業が盛んな土地の曲だね。収穫《しゅうかく》の祭なんかでも音楽がよく使われるから、合奏が多い」

彩琳は、目を瞬《まばた》かせて泰波を見た。泰波は首を傾げて、ちょっとほほ笑む。

「邪魔《じゃま》だった？」

「いいえ！　すごいわ！　泰波、わたしに色々教えてくれない？　曲目を学んでも、すぐにどんな曲かはわからないから、こうして弾いてくれると助かるの」

曲目を見てすぐ弾けて、しかも曲の背景まで詳《くわ》しいなんてと彩琳は興奮した。泰波は頷《うなず》くと冗談《じょうだん》ぽく肩《かた》をすくめた。

「いいよ。暇《ひま》だからね」

助けてほしい気持ちももちろんあったが、彩琳は少しでも、泰波の気がまぎれればいいと思った。


数日後、泰波は教坊の一室で、彩琳を待っていた。椅子《いす》にくつろいで座っているが、近くの几には書類が重なっている。

約束通り、彩琳の師をしてくれていた。

泰波は、非常に高い教養を持っていた。音楽という専門分野に詳しいのだと思っていたが、曲の時代背景や、政《まつりごと》に関することまで、彩琳が問うと正確な答えが返ってくる。簡潔でわかりやすい教え方からして、ただ詰《つ》め込んだ知識があるのではなく頭が良いのだろう。

槇槇のように、異国人の官吏《かんり》も珍《めずら》しくはない。彼の父親は胡人の高官だったのだろうかとぼんやり思うが、それを問いはしなかった。彩琳だったら、触《ふ》れられたくないことだ。

「泰波、この曲を弾いて」

令霞が生まれた西域の曲だ。泰波は軽く眉《まゆ》を上げて笑った。

「これは昨日も教えただろう？」

「違うの。この曲が好きだから、聴きたくて」

「貴族のことと、その関係性は覚えた？」

彩琳は「うっ」と詰まる。昨日出された宿題だ。元は貴族の生まれだが、父はそういうことを彩琳に教えたがらなかった。

「えっと、親の位で子どもを任官できる資蔭《しいん》っていう制度で代々中央や地方の高官についてる人や、科挙から高位に上って同じ制度を使えるようになった人たちが貴族。今の中央貴族は、元は武力に秀《ひい》でた集団で、その人たちと一緒《いっしょ》に前王朝を倒《たお》したのが赫家。地方のなんとか系貴族は、もっと昔から続いてて、家格自体は中央の貴族より、高いのよね……？」

何とか系とごまかした彩琳を泰波はじとっとした目で見た。貴族の関係まで網羅《もうら》している泰波がすごすぎるだけであって、彩琳の出来はそこまでひどくないと思う。

「……一曲だけだよ」

ため息をついて泰波は折れてくれた。なんだかんだ甘いのは、人に琵琶を聴かせるのが好きだからなのだろう。弾いてくれとせがんだときは、いつもより音が優しくなる。

指を慣らすために、泰波は目を伏《ふ》せ、象牙の撥《ばち》で一弦《げん》、一弦と、音を確かめ、しばし曲にならない音をかき鳴らす。

「泰波は、どうして手伝ってくれるの？」

最初は、喜花坊からほとんど出ることもなく、琵琶を弾いて過ごしている泰波の気晴らしになればいいと思っていたが、今は気晴らしどころか、毎日大変なことに付き合ってくれている。

「……泰波？」

彼はまだ目を伏せたままで口を開いた。

「彩琳は、どうしてあの日声をかけたの？」

初めて会った日のことを問われていた。

「だって、琵琶を弾いてくれたから」

音が止まってしまいそうな彩琳の代わりに、その先を弾いて、彩琳の頼《たの》み通りに、そのまま弾き続けてくれた。何よりその音が、素晴《すば》らしかった。

「………皆《みんな》、俺の琵琶の音は聞こえてた。たまに独り言みたいに巧《うま》いって感想を言ってる人もいた。けど、琵琶を弾いてる俺に、直接声をかけてきたのは、君が初めてだった」

薄《うす》く目を開けて、泰波は彩琳を見た。

「それだけだったら、こっちから声はかけなかったけどね」

そう言って泰波は琵琶を弾き始める。手慰《てなぐさ》みのように弾いているのに素晴らしく巧い。小さく揃《そろ》った歪《ゆが》みのない音の粒《つぶ》がパラパラと、葉の上に落ちた雨粒《あまつぶ》のように転がって散っていく。

「もったいない」

胸の中がぎゅうっとくやしさのようなもので縮んで、気がついたらそう言っていた。

「何が？」

「あなたが。何でも出来て、こんなに、こんなにすごいのに、誰《だれ》も知らないなんて」

泰波の能力を、本当に惜《お》しいと思った。どうして、彼が宴席《えんせき》に出られないのだろう。ここにいるのは、きっと泰波自身の咎《とが》ではないのに、何をすることも許されず、喜花坊に閉じ込められている。

泰波は琵琶を弾く手を止めず、窓の外を眺《なが》めて笑った。

「責任が無くて楽だよ」

そうなのだろうか。彩琳には、もちろん泰波の気持ちはわからないけれど、自分の気持ちを口にした。

「……わたし、色々あって喜花坊に来たんだけど、色々あった時も、喜花坊に来てからも、自分には何にも出来ないって思うことばっかりだったの」

だから、最初は、蘇司山のことも考えないようにしていた。

「何にもできないって思うの、苦しかったわ」

央蓮と出会い、諦《あきら》めていた父の無念を晴らす道を見つけ、汚名《おめい》を雪《そそ》ぐという目標も出来た。

「泰波はすごい人だと思う。わたし、本当にあなたの力が惜しいと思う。何かする力があるのに、それを出す場がないことは、……苦しくない？」

琵琶の音が途切《とぎ》れた。でも泰波は、彩琳に笑顔を向ける。

「俺は、毎日ここで何の心配もなく暮らせたら、それでいいんだ」

それはきっと嘘《うそ》だ。彼の琵琶《びわ》はいつも、子どもが親を呼んで泣いているような寂しさが、音の底に響《ひび》いている。

泰波との勉強を進める傍《かたわ》ら、ようやく彩琳は準備に取り掛《か》かり始めた。

料理については勉強も進んでいたので、今までの宴席を参考に先に決めてしまおうと、槇槇に教坊《きょうぼう》の記録を数年分出してもらった。

宴席で何を出し、いくらかかったかの記録だ。読んでしばらくして、彩琳は首を傾《かし》げる。

「槇槇……これわかる？　字は読めるんだけど、どういうものかわからなくて」

槇槇は覗《のぞ》きこんで首をぶんぶん左右に振《ふ》った。

「書かれてる内容についてなら、彩琳の方が詳しいよ。おれ煌人じゃないし」

「……異国の食べ物かしら？」

記録に胡の字がつくものが多いので、胡風で統一した宴《うたげ》だったのかもしれない。

「ちょっと、友達に聞いてくるわ」

「あ、おれも聞きに行きたい。仕事の文書でわからない言葉があるのはよくないし」

彩琳は少し悩《なや》んでから口を開く。

「多分大丈夫《だいじょうぶ》だと思うけど、人見知りな子だから気を付けてね」

頷く槇槇と一緒に、いつもの教坊の裏手に向かった。

令霞は誰も見る人のいない場所で、教坊から漏《も》れ聞こえる楽と太鼓《たいこ》の音を頼《たよ》りに一人で踊《おど》っていた。

その姿が目に入った時、槇槇が彩琳の肩《かた》のあたりの布地をぎゅっと摑《つか》んだ。

「槇槇、どうしたの?」

「彩琳……あの子、人間?」

なんてことを言うのだと槇槇を見上げると、惚《ほう》けたように令霞に見入っていた。

「女神《めがみ》様じゃないの?」

彩琳は、自分も初めて令霞を見た時に天女《てんにょ》かと思ったことは棚《たな》に上げて、吹《ふ》き出した。

「令霞!」

呼びかけに気づいた令霞は笑顔《えがお》で彩琳の方を向いたが、隣《となり》に槇槇がいるのを見つけて、びっくりした猫《ねこ》のように一瞬《いっしゅん》ぴゃっと跳《は》ねた。

肩を摑む槇槇の手を外し、令霞の側《そば》に行くと、今度は令霞が彩琳の肩のあたりをぎゅっと摑む。両肩がくしゃくしゃになりそうだ。

「あの人だれ……？」

令霞は小さな声で尋《たず》ねる。槇槇は先程《さきほど》いたところから一歩も動かず、こちらを見ながらソワソワしている。

「喜花坊の官吏《かんり》をしてる井槇根。その、わたしの宴席の仕事、手伝ってくれるの」

令霞がちらっと槇槇の方を見ると、彼はびくっとした。令霞が頷《うなず》くような礼をすると、槇槇も頭を下げる。

「それで、令霞に聞きたいことがあって……。槇槇」

呼ぶと思い出したようにこっちに来て、もたつく手で書付を取り出した。

槇槇は令霞をちらっと見て、顔を真っ赤にした。

「あの、これってどういう食べ物？　おれたちよくわかんなくて」

もごもごと俯《うつむ》きながら槇槇が言って、令霞は何度か瞬《まばた》きした。

令霞はちょっとだけ頷いたが、恥《は》ずかしいのかそれ以上は喋《しゃべ》らず、書付をじっと見る。

「香辛料《こうしんりょう》。お肉に使うやつ」

ぽそぽそと小さな声で彩琳に教えてくれる。

「ありがとう！　わたしたち全然わからなかったの。あ、それと教えてほしい曲があって」

泰波が「それは弾《ひ》けない」と言った曲があったのだ。全《すべ》ての曲を諳《そら》んじている楽宮などそうはいないので、令霞も知らなかったら師範《しはん》に聞きに行くつもりでいた。

「琵琶とか、阮咸《げんかん》の曲。前の皇帝《こうてい》が好きで、一杯《いっぱい》演奏されたって師範が言ってた」

ふんふんと頷く。弦楽器《げんがっき》の曲らしい。泰波にも琵琶の曲で知らないものがあるのだと思うと、完璧《かんぺき》に見えていた彼に少し親近感を覚えた。

「旋律《せんりつ》はわかる？」

令霞は一度頷いたが、口をきゅっと結んで俯いた。

「……知らない人の前で歌うの、恥ずかしい」

それを聞いた槙槙が「ヴッ」と言って自分の胸のあたりをぎゅっと掴んでいた。

「どうしたの？　大丈夫？」

彩琳が尋ねると、槙槙は胸元《むなもと》を掴んだままふらふらと歩き出した。

「大丈夫。おれあっち行ってるね」

槙槙が去ったあと、令霞が恥ずかしそうに口ずさんでどんな曲か教えてくれる。

歌い終えると槙槙の去った方向を窺《うかが》って、彩琳に視線を落とした。

「あの……、さっきの人に、あっち行かせてごめんねって伝えて？」

「うん、伝えるわ。令霞、教えてくれてありがとう」

礼を言って、元来た道を戻《もど》ると、曲がり角の先に、胸元を掴んだままの槙槙が立っていた。

「先に戻ったかと思ってたわ。……大丈夫？」

槙槙はふらつきながら歩き出す。

「大丈夫じゃないけど、大丈夫」

どう見ても大丈夫ではないが、確かに具合が悪いわけではないのだろう。おそらく槇槇は令霞に一目ぼれしたのだ。

「あの、令霞があっちに行かせてごめんって言ってたわ」

「そんなこと言ってくれたの？　おれあの子のお願いならどこへなりと去るよ」

そう言って令霞の言葉を噛《か》みしめていた槇槇が、しばらくして申し訳なさそうに口を開いた。

「彩琳、お願いがあるんだけど……」

令霞と仲良くなるために協力してほしいのだろうかと、少し眉《まゆ》を寄せた。人見知りの激しい令霞にとって、知らない人といきなり親しくしろと言われても困るばかりだろう。協力できないと告げようと槇槇を見ると、真剣《しんけん》な顔をしていた。

「……あの子に、おれが変なもの見えるって言わないで。怖《こわ》いって、思われたくない」

その目の奥には、確かな怯《おび》えがあって、彩琳はしっかりと頷いた。

「わかったわ。絶対に言わない」

誰にでも、知られたくないことや傷がある。喜花坊の中では特に、そうなのかもしれない。

何もかも自由というのは、それはそれで大変だ。全て自分の好きに出来るということは、全てに責任を負うということでもある。

「だから決まりに則《のっと》ってやる方がいいのよね……。失敗もしにくいし」

調度の、特に卓《たく》と椅子《いす》類の保管庫の中で、彩琳はため息をついた。調度品が傷《いた》まないよう日の入らない部屋は、ほこりっぽいにおいがした。

「その分同じ形式になるから、成功したっていう明確な違《ちが》いも目に見えにくいけどね。……王子様のお金で解決したら？」

つまらなそうな声に振り返ると、泰波が宴席《えんせき》用の大きな卓に腰《こし》を下ろしていた。物を動かすのに小柄《こがら》な彩琳では心もとないので、泰波に手伝いを頼《たの》んだのだ。

「駄目《だめ》よそんなところ座ったら！」

彩琳が眉を吊《つ》り上げ大きな声で怒《おこ》るが、泰波は微動《びどう》だにしない。

「高いだけあって丈夫《じょうぶ》だよ？」

「傷でもつけたら罪に問われちゃうのよ!?　泰波がそんなことになったらどうするの」

調度品は国の財産なので、破損や紛失《ふんしつ》は罪になる。泰波の腕《うで》を引っ張ると、意外と素直《すなお》に立ち上がる。

「堅《かた》いなぁ、彩琳は」

彩琳は調度品を見ながら「うーん」と唸《うな》る。

「歌舞《かぶ》の演目に合わせて設《しつら》えを決めた方がいいかしら。それとも、設えや料理を決めた方が早い？　それよりもまずこうしたいっていう主題があった方がいいの？」

　泰波は首を捻《ひね》った。

「誰《だれ》の誕生祝いだったっけ？」

　彩琳は調度品を眺《なが》めたまま返事をする。

「春雲《しゅんうん》王女。王族としては傍系《ぼうけい》にあたるわ。春雲王女の父上と今の皇帝陛下が従兄弟《いとこ》同士ね。今年で十一歳」

　公主と呼ばれるのは皇帝の息女だけだ。王族は実務のない官位を持ち、春雲も位を与《あた》えられているが、皇太子や公主でない限り、年若い王族は王子、王女と呼ばれていた。

　泰波は背もたれにひじ掛《か》けの付いた椅子を見つけて腰を下ろす。もしものことがあると困るので、触《ふ》れない方がいいと思うのだが、彩琳の表情を見て先回りするように口を開いた。

「椅子に腰かけるのも駄目？　座って壊《こわ》れるなら、罪とかそういう問題じゃないと思うけど」

　彩琳は何も言えず、視線をついと戻して、椅子や卓子《たくし》を眺める。その視線をまた引き戻すように、泰波が「ねぇ」と声をかけた。

「春雲王女って、母親が斗幡《とはん》の王族だよね」

　彩琳は目を瞠《みは》った。

「そうだけど……詳《くわ》しいのね」

央蓮に教えてもらうまで、彩琳は知らなかったことだ。彩琳の顔に疑問が浮《う》かんでいたのを見て取って、泰波は説明した。

「噂話《うわさばなし》が好きな女の子たちがね、聞かなくても色々教えてくれるんだ」

泰波が誰かと二人でいたところを見たことはないが、この容姿で物腰《ものごし》も柔《やわ》らかい。女性が放《ほう》っておかない手合いの青年だ。

「泰波ってもしかして、いつも女の子から逃《に》げ回ってるから、変なところから出てくるの？」

頬杖《ほおづえ》をついて彩琳を眺めていた泰波は、しばらく呆気《あっけ》にとられた顔で彩琳を見つめた後、ふっと吹《ふ》き出し、こらえきれないように笑いだした。

「な、なぁに？　わたしそんなに変なこと言った？」

「あはは、だって……君って、王子様の寵姫《ちょうき》だろう？　もっと物慣れてるかと思ったのに、ふふっ、意外と子供っぽいこと言うんだね。女の子から逃げてるんじゃなくて……」

央蓮の寵姫の振《ふ》りをする上で、何か間違《まちが》えただろうかと彩琳は慌《あわ》てる。

泰波が、いつもより低く、甘い声を出した。

「変なところに、俺が女の子を連れ込んでるとは思わないんだ？」

彩琳の頬《ほお》が、ぼっと火がついたように赤くなる。そうか、経験があったらそういう考えに至るのかと思いつつも、気恥《きは》ずかしくて言い訳が浮かばない。

赤くなって黙《だま》る彩琳の表情をどう思ったのか、泰波が弁明するように口を開く。

「いつも女の子と一緒《いっしょ》にいるわけじゃないよ？　それ以外にも、ああいう場所は便利なんだ」

確かに、最初に会った時は木の上で琵琶《びわ》を弾《ひ》きながら一人でいた。一人になれる場所が単純に好きだというのもあるのだろうと結論付けて、彩琳は倉庫の奥の、螺鈿《らでん》の卓に目を付けた。薄暗《うすぐら》い部屋の中でも、黒漆《こくしつ》の木地に埋《う》め込まれた夜光貝《やこうがい》が柔らかい虹色《にじいろ》の光を発している。細工も華《はな》やかで、祝いの席にはよさそうだ。

――ちょっと艶《あで》やか過ぎるかしら……。

「でも意外だな。あの王子様って、才色兼備《さいしょくけんび》のつんとした女性が好きそうなのに」

「泰波、今あなた、わたしに才も色もないって言った？」

眉を寄せて言い返し、奥の棚《たな》に視線を移す。酒器の保管庫は上階だが、入りきらなかったのか棚一つ分、胡風の瓶子《へいし》が並んでいた。

「そういう意味じゃないよ。でも、あの王子が目を付けたなら、会話とか、詩とかに秀《ひい》でてるのかなって思ってたんだ。でも彩琳はそういうのに長《た》けてる様子でもないし」

結局、才色に劣《おと》ると言われている気がする。

壁際《かべぎわ》の棚に並ぶ、金属や玻璃《はり》で出来た瓶子を眺めていると、泰波が近づいてきた。彩琳の隣《となり》に立って、並んだ瓶子を興味なさそうに見つめている。

「むしろ物慣れてないところが良かったのかな？　王子様って見た目より純情？　それとも」

泰波は彩琳を見下ろした。

「もしかして、彩琳って世間が言う寵姫と、少し違ったりするのかな」

泰波は普段《ふだん》通りの世間話でもするような気楽な表情で、過剰《かじょう》に反応してはいけないと思いつつ、彩琳は背中がひやっとした。央蓮との本当の関係が知れてしまえば、蘇司山の手がこちらに伸《の》びてくるかもしれない。

――隠《かく》し通さなきゃ。

「ふ、普通《ふつう》の……通うだけの寵姫とはちょっと違うかもしれないわね」

「どう違うの？」

泰波は、鳥の頭の形をした瓶子の蓋《ふた》を開けて中を覗《のぞ》いている。手持ち無沙汰《ぶさた》な中での、暇《ひま》つぶしの会話に過ぎないのかもしれない。泰波が、同じ言葉をもう一度繰《く》り返した。

「ねぇ、どう違うの？　……例えば、君に目的とか野心が」

その言葉を聞いた時、彩琳はもう深く考えられずに一番手っ取り早い言い訳を口にした。

「央蓮様はね、わたしを正妃《せいひ》にするつもりなの！」

――央蓮ごめんなさい！

彩琳は心の中で謝った。正直、いつも偉《えら》そうな央蓮に、謝られるならまだしも、自分から謝る日が来るとは思わなかった。しかしもう口は止まらない。とにかく今を切り抜《ぬ》けることしか考えていなかった。

「その、さすがにただの楽宮じゃ格好つかないじゃない？　だから、わたしにこうして実績を積ませて、内人にしたら、少しはお互《たが》いの間の障害も低くなるっていうか……」

「……彩琳は、王子様が好きなの？」

全然好きではない。央蓮は対等に扱《あつか》うと言いながらあの態度だ。そして普段から不愛想《ぶあいそう》で、不機嫌《ふきげん》で、居丈高《いたけだか》で、あんな男を好きになる人などいるだろうかと思う。人の肩書《かたがき》や容姿を内面と切り離《はな》して愛せる人もいるのかもしれないが、彩琳には無理だ。央蓮と夫婦《ふうふ》になるなど、妻という立場を本当に務めとして割り切れる女性でなければ無理だろう。

そんな思いを今だけはと叩《たた》き潰《つぶ》して粉々にして押し殺し、彩琳はぎこちない笑《え》みを浮かべた。

「…………す、好きよ？」

それを聞いて、泰波はそっと視線を逸《そ》らす。

「……嫌《きら》いでも、王子と楽宮じゃ、断れないだろ？　それに、大変なこととの方が多いよね」

泰波の言葉を、彩琳は慌てて否定する。

「そんなことないわよ、わたしの意志だし。央蓮様は、意外と……や、優《やさ》しい？　優しいところもあったりなかったりするし。……あっ、さっきの正妃の話は内緒《ないしょ》よ？　あなたの他《ほか》は槇槇しか知らないんだから」

槇槇について言い添《そ》えたのは、むしろこれが本当だという証人がいると伝えたかったからだが、信じてくれただろうか。槇槇の前でその場しのぎに央蓮がついた嘘《うそ》を、改めて補強してしまっているのが、自分でも嫌《いや》だ。でも彩琳にできる言い訳の中ではこれが最善だった。

――泰波は、何か目的や野心があるのかって言おうとしてた。気づかれてないわよね？

楽宮は、人前で姓《せい》を名乗ることも、出自が明かされることもない。彩琳が姫家の娘《むすめ》だと、泰波は知らないはずだ。蘇司山への復讐《ふくしゅう》のために央蓮と手を組んでいることは感づかれていない。

そう自分に言い聞かせ、平静を装った顔で泰波を見上げる。彼はいつもの柔らかな笑顔だったが、彩琳はどこか拒絶《きょぜつ》されているように感じた。

「そっか、じゃあ頑張《がんば》らないとね。俺は暇だから、いつでも手伝うよ」

「……ありがとう」

俯《うつむ》いて礼を言うと、「でも」と泰波が呟《つぶや》いた。

「男をかわすのに慣れてるから平然としてるのかと思ってたけど、そうじゃないなら、こういうのはやめた方がいいな」

泰波が、彩琳の背後に立った。彩琳を閉じ込めるように両手を棚にかけ、つむじのあたりに声をかけた。

「男と二人きりで、こんな暗い部屋を閉め切って長い間出てこないなんてこと、もうしない方がいい。俺が相手じゃなくても」

彩琳が振り返って見上げると、泰波は心配そうな表情で首を傾《かし》げた。茶色だと思っていた泰波の瞳《ひとみ》は、中に緑が散っている。束《つか》の間、何もかも忘れてその色に見入ってしまう。

彩琳は我に返ってごまかすように笑った。

「大丈夫《だいじょうぶ》よ。だってわたし、別に美人じゃないもの。周りからも何で寵を得てるかわからないって言われてるんだから」

実際、本当は央蓮の寵など得ていないのだから、周囲の人が訝《いぶか》しむのも当然だが、泰波は困ったように眉《まゆ》を寄せた。

「君が自分を大事にするのに、他の人の評価は関係ないだろ？」

その声が思いのほか真剣《しんけん》で、彩琳は言葉が出なくなる。

「それに、他の人の評価は俺にとっても関係ない」

泰波の指の背が彩琳の髪《かみ》に近づいて、歩揺《ほよう》にそっと触《ふ》れる。玉が擦《こす》れ合って静かに鳴った。

「……俺は、俺にとってきれいなものが好きだから」

「そ、それなら結局大丈夫じゃない！」

そう言って泰波の胸をドンと押して、彼の側《そば》から離れた。

「えーと、螺鈿の卓《たく》に玻璃の瓶子ね！」

などと不必要に大きい声を出して、目を付けた品物を書付に記す。

「……伝わらないかな」

呟かれた泰波の声は、彩琳には届いていなかった。彩琳は平静を装っていたが、筆の字が震《ふる》えていた。心臓がばくばくしている。

——何だったの!?　気を付けさせるために実演してみせたってことなの??

びっくりした。とてもびっくりした。

泰波が彩琳の後ろに立つ。先程《さきほど》のような雰囲気《ふんいき》はすでに消えていた。

「とにかく、彩琳はもっと気を付けた方がいい」

「わかったわよ、気を付ければいいんでしょ。でも、あんなことしなくってもちゃんと言ってくれれば伝わるんだから、からかわなくたっていいじゃない！」

まだ胸がドキドキしているのをごまかすように言い返すと、泰波は少し笑った。

「趣味《しゅみ》が似てるのかな」

「え？　泰波も玻璃製のもの好きなの？」

書付の字と泰波を見比べると、首を横に振《ふ》られた。

「いいや、王子様と」

「央蓮……様は、別に玻璃も螺鈿《らでん》も好きじゃないけど」

泰波を見上げて、別に央蓮と彩琳の調度品の趣味は似ていないと言うと、泰波は「鈍《にぶ》いなぁ」と、なぜかとても嬉《うれ》しそうに笑った。


久しぶりの訪問だった。

彩琳が慣れない準備に追われる間、央蓮も忙《いそが》しく過ごしていたらしく、文《ふみ》のやり取りしかしていなかった。

「……でも、来るんなら先に連絡《れんらく》して。準備で家を空けてる事だってあるんだから」

央蓮はずいぶんくたびれているのか、榻《とう》の上に足を投げ出し、高欄《こうらん》に凭《もた》れてしどけなく座っている。

「私にも茶をくれ」

央蓮が来る前に一人で飲んでいた茶碗《ちゃわん》を見て、そう声をかけられた。

「あ、新しく淹《い》れるわね」

「少しくらい冷めていてもいい。その碗で飲みきったというわけでもないだろう」

彩琳は少し悩《なや》んだが、首を振った。

「駄目《だめ》」

駄目と言われて央蓮が不機嫌そうに立ち上がる。

「淹れなおすのを待つより早く茶が飲みたい」

「これは駄目なの」

央蓮は頑《かたく》なな彩琳の様子に一度黙《だま》り込むと、几《つくえ》の上に置かれた彩琳の茶碗をとって飲んでしまった。

「あっ！」

彩琳が叫《さけ》んで碗を取り上げようとする。央蓮は茶碗を持ったまま、怪訝《けげん》そうな顔をした。

「…………よくわからない味だな」

「だから駄目って言ったのに……！」

彩琳を無視して、央蓮はもう一口飲む。

「でもうまい」

「央蓮、これ飲んだって、絶対誰《だれ》にも言わないでね」

彩琳が眉尻《まゆじり》を下げて頼《たの》んだ。

「何故《なぜ》だ？」

「何でもよ」

――王子にこんなの飲ませたって知られたら、怒《おこ》られる。

これは茶に棗《なつめ》や生姜《しょうが》、柑《こうじ》の皮、茱萸《ぐみ》などを入れて煮《に》だしたものだ。庶民《しょみん》の間ではよく飲まれ、彩琳の母はよくこのお茶を淹れてくれた。

「初めて飲んだが気に入った。新しい茶碗にこの茶をくれ」

飲んだことがなくて当たり前だった。この飲み方は、偉《えら》い人が書いたお茶に関する長い本の中で「溝《どぶ》」と簡潔かつひどい言葉で腐《くさ》されているのだ。茶の味と香《かお》りが消えるという理由だったが、そこまで言うことはないだろうと思う。

新しい茶碗に茶を注《つ》いで央蓮に渡《わた》す。本当に気に入ったようで、おいしそうに飲んでいた。

「それで、今日はどうしたの？」

「春雲殿《どの》の話だ。詳《くわ》しく教えろと言ったのは彩琳だろう」

「待って、書き留めるわ」

箱を開けて硯《すずり》や墨《すみ》を取り出し、薄《うす》い紙を白玉の文鎮《ぶんちん》で押さえる。

央蓮は彩琳が準備をする間、硯をじっと見ていた。緑がかった黒い石で作られた硯で、山水の風景が彫《ほ》り込まれている。調度や家財は、央蓮の家僕が準備してくれたものだ。

「央蓮？」

疲《つか》れているのかぼうっとした央蓮に声をかけると、春雲王女のことを話し始めた。

活発で聡明《そうめい》な性質で、両親想《おも》いで家族仲はいい。同母の弟と共に史書を読んだり、馬に乗ったりするのが趣味だが、小鳥や花を愛《め》でるのも好きだという。

「あと、酪《らく》などの牛の乳で作ったものが嫌《きら》いだそうだ。絶対に出すな」

頷《うなず》きながら書き留めていく。

「そして、父母から可愛《かわい》がられている。……母親は斗幡の王族だが、煌の言葉をとても流暢《りゅうちょう》に話し、公《おおやけ》の場でも自身の立場を理解して振る舞《ま》う。とても聡《さと》い方だ。影響《えいきょう》力は大きくないが、宴《うたげ》を成功させ、気に入られることに意味はある」

斗幡は煌の西側と一部を接する隣国《りんごく》だ。煌とは幾度《いくど》か姻戚《いんせき》が結ばれている。

彩琳にとって一番重要だったのは、春雲王女が家族に可愛がられているということだった。

それなら、春雲王女を喜ばせる宴を作ることが、両親の望みでもあるはずだ。

話し終えた央蓮は、茶を飲みながら、まだ硯を眺《なが》めていた。

「……央蓮、あなた、硯好きなの？」

「別に好きではない」

そう言いながらも硯から目を逸《そ》らさない。

「いいじゃない、文房《ぶんぼう》四宝っていうし、好きな人多いでしょう？」

墨、紙は消耗《しょうもう》品だが、筆硯《ひっけん》にこだわる人は多い。仕事上使うことから、やはり男性の方が蒐《しゅう》集《しゅう》に熱心だ。彩琳の父も、筆や硯を集めていた。

「……別に好きではない。集めてはいるが」

そんな言い訳にもならないことを言って、央蓮はしれっとした顔で茶を口に含《ふく》む。

「それってつまり、好きなんじゃない」

「硯は、煌をよく表す」

央蓮の言葉の意味を取りあぐねて首を傾《かし》げると、説明するでもなく央蓮は言葉を続ける。

「硯は、各地の石を人が彫って作る。煌の自然と人の技術、その両方が詰《つ》まっている。王都久寧と副都以外を私は知らないが、煌は良い国だ。豊かな自然と、それを元に作物や工芸、様々なものを作りだす民《たみ》が暮らし、知や物を運ぶ人が行き交《か》う。そんな煌が、私は欲しい」

几の前に立って筆を走らせていた彩琳は、すとんと椅子《いす》に腰《こし》を下ろして央蓮を見た。

利益や権力を求めているのだと、それを蘇司山よりは汚《よご》れていない方法で手にしようとしているのだと思っていた。復讐《ふくしゅう》や謀略《ぼうりゃく》自体は厭《いと》う様子ではなかったから。

——でも、この人って思ってたよりずっと、子どもっぽいのね。

まるで拾ったきれいな石を、ずっと握《にぎ》って放さない幼子のようだ。好きだという自覚もなく、この人はこの国が好きで、好きなら自分のものにしてしまいたいのだろう。

人や物との距離《きょり》が、おそらく少し独特なのだ。身近なものと自分とを、うまく分かつのが下手なのかもしれない。

「……しばらくは、次の宴にかかりきりで他《ほか》の宴を手伝うことはないだろうが、陛下の妃《きさき》を出している家の貴族が宴席《えんせき》に出ていたら、何を話しているか気にかけておいてくれるか」

彩琳は表情を引き締《し》めて頷いた。

「わかったわ。妃を出している家系ね」

蘇司山に関《かか》わることは、文でやり取りするには不安があるから、直接話しに来たのだろう。

「でも、央蓮が言うように、わたししばらく他の宴席には出られないから、疲れてるなら今日は無理に来なくてもよかったのに」

央蓮はまた茶を一口飲んだ。

「何でだろうな……、ここに来ると気楽だ」

髪《かみ》の乱れを直すようにかきあげて、疲れた顔で笑った。

「最初は臣下が欲しいと思った。だが、今はお前が臣でなくて良かったと思っている。上下があれば、互《たが》いに取り繕《つくろ》わなければならないことも多いだろう。主《あるじ》として、臣に対し距離と立場が保てているか、……少なくとも、お前が臣下だったら、茶を取り上げて飲んだりはしない」

「じゃあ、臣下の方が良かったわ」

　彩琳が笑うと、央蓮も笑った。央蓮が本心から笑う時は、表情があまり変わらない。つんと澄《す》ましているが、こらえきれず目元と口元が緩《ゆる》んだような笑《え》みだった。

「でも、わたしも楽よ。あなたの前で、へりくだったりする必要もないし、蘇司山が憎《にく》い気持ちも隠《かく》さなくって済むから」

　これは、槇槇にも泰波にも、令霞の前でも、出すことは出来ない気持ちだ。

「皇帝《こうてい》になったら必ず、蓮花楽人《れんかがくじん》へと取り立てる。私は、この国をただ手中に入れて専横を振《ふ》るいたいわけではない。この良い国を手の中で守りながら、どう育つのか見定めたい。皇帝になれば、近しい者たちもこの手のうちで守れる。……無論、政《まつりごと》を蔑《ないがし》ろにして親しい者にむやみに利益や権を与《あた》えたいわけではないが」

「うん、わかってるわ」

　権力というものが、彩琳は好きではない。だが、それにどれだけのものを守る力があるかは知っている。父に疑いがかかった時、姫家の親類はこぞって父を責めた。だから身分の低い母ではなく、家の決めた許嫁《いいなずけ》と結婚《けっこん》しろと言ったのだと。貴族同士が縁《えん》を結ぶのは、何かの時に便宜《べんぎ》を図《はか》り合うためだ。親戚《しんせき》がなんと言おうと、彩琳は、聡く明るい母をたった一人の妻として選んだ父を誇《ほこ》りに思っている。

彩琳は、疑問に思っていたことを尋《たず》ねた。

「どうして、わたしを選んだの？」

央蓮が空の茶碗を持ち上げる。彩琳は受け取ってお代わりを注いだ。手渡《てわた》すとき、彩琳の指先は微《かす》かに震《ふる》えていた。

「わたし、たまに不安になるの。復讐することにじゃないわ。自分の力が足りなかったらって思うと怖《こわ》いの。例えば、蘇司山を追い詰めてあと一歩っていう時に、もしわたしの力が足りないせいで、蘇司山を取り逃《に》がすようなことになったらって思うと、怖くなる」

「……自信がないのか」

彩琳はこくんと頷く。

「だって、わたし、得意なことなんて何にもないもの」

央蓮は、温かさを確かめる様に碗《わん》を持ったまま、関係のなさそうなことを話し始めた。

「私は、あの大酺《たいほ》で、蘇司山よりも席次が悪かった。……誕生祝いと言いながら、蘇司山が主《しゅ》賓《ひん》ゆえ仕方がないが。それに、労《ねぎら》いのため位には囚《とら》われずというもったいぶった理由で、蘇司山の厭う者は不当に席次が下げられたらしい」

皇帝の息子《むすこ》とはいえ、赫義宵が皇太子である今、央蓮は煌の一王子でしかない。今はまだ、蘇司山に抗《あらが》うだけの力がないのだ。

「それゆえ、私の席からは、中央の内人の舞《まい》だけでなく、喜花坊《きつかぼう》の楽宮がよく見えた。途中《とちゅう》で白い衣装を素早《すばや》く脱《ぬ》いで、紅梅の衣装に変わるところがあっただろう」

彩琳は頷く。あれは、あの群舞《ぐんぶ》の一番の見せ場だ。

「他の位置にいた楽宮は、もたついているものもいたが、私の席から見えた一団は、同時に変わった。それだけではない。よく見ると、皆髪《みなかみ》に飾《かざ》った釵《さい》の位置も角度も、その一団だけ寸分たがわない。……誰《だれ》かが、それをやったのだと思った。その場にいる者か、裏で働く者かはわからなかったが、誰かの手で、整えられているのがわかった」

央蓮は、疲れから崩《くず》れた姿勢で座っていたが、目だけはまっすぐ、彩琳を見つめていた。

「あれはお前のしたことだろう」

「……でも、ただ裏で手伝っただけよ」

目を逸らそうとすると、央蓮は「彩琳」と呼んでその視線を引き留めた。

「お前は、物事の意図がわかっている。ああいった群舞は、一糸乱れぬからこそ意味があるのだろう？　釵の位置や角度の違《ちが》う者は、やはり悪目立ちしたし、衣装の変わる時は言うまでもない。宴の後に楽宮を捕《つか》まえ、お前がしたことだと知った。目的のために組むのなら、ただ聡いだけの者より、そういう根幹を摑《つか》める者の方がよいと思ったのだ」

とても真剣《しんけん》に央蓮は説いた。彩琳は、根幹を摑むような力が自分にあるとは思わなかった。

ごく単純に「こうしたいのだな」と感じ、「それはきれいだろうな」と思ったのだ。

——でも、央蓮が、わたしを認めて選んでくれたのはわかる。

きっと、それは本当に彩琳を選んだ理由の一つなのだろう。

でも、これは、姫家の娘《むすめ》を選ぼうとした理由にはならない。

央蓮はまだ、彩琳に隠していることがある。それが気にならないわけではなかったが、彼が今、自分に真剣に歩み寄ろうとしていることも、彩琳には伝わっていた。

「いいか彩琳。私は確かに、歌舞《かぶ》の出来ないお前が実績を積むにはこれしか道がないと言った。しかし、席糾《せききゅう》を専門とする楽宮になれと言ったのは、歌舞が出来ないからではない。お前なら席糾が出来ると思ったからだ」

碗を置いた央蓮は、座っている自分の目の前に立つ彩琳の手に触《ふ》れ、力づけるように握った。

「絶対にやれる。お前は得意なことがないのではない。人の目に見えにくいことが得意なだけだ」

初めてだった。自分の力を、信じてくれる人がいるのは。

今まで、自分に出来ることがないと言って、きっとそこに甘えてもいた。

——わたし、席糾をやれるかもしれない。

彩琳は、体温の高い央蓮の手を強く、握り返した。

今まで本人にすら意識されていなかった小さな種のような力に、央蓮の言葉で初めて日が差した。そして、その言葉で彩琳の中に生まれた気持ちは、温かな水のように、その力に向かって注がれていく。

彩琳の持っていたとても小さなものは、この喜花坊でこそ、花開く才だった。

四　仙境の花宴

阿泰《あたい》、いい？　母は逃げます。あなたは喜花坊に居れば、命までは取られないでしょう。でも母と来れば、必ず追手がかかります。そうなれば二人ともが死ぬ。母があなたの側《そば》に残るのも、あまりよくない。

「おとうさまはたすけてくれないのですか」

阿泰、あの方との縁は出来るだけ断《た》ち切らねばいけないのですよ。あの方との繫《つな》がりは、あればあるだけあなたの身を危険に晒《さら》す。あの方に阿泰を会わせてこなかったのも、母があなたを置いて逃げるのもそのためです。阿泰を連れて行けば、あるいはあの方の助力を受ければ、周りはあなたを殺したがります。阿泰が大切な大切な子だと知れれば、命を取られてしまうのです。だから、これからあなたは誰からも助けてはもらえません。そっと隠れて、いつも聞き耳を立てていなさい。聞いたこと、見たことで、自分の身を守りなさい。わかりましたか？

「なんで、おとうさまとかあさんと、いっしょにいられないのですか。ふたりとも、おれがきらいなのですか？」

……阿泰。最後だから、今のあなたにはわからずとも、本当のことを言います。母とあの方は、情愛で結ばれた間柄《あいだがら》ではありません。ですが、あの方は母の唯一《ゆいいつ》の——でした。だから、母の誇りは、阿泰を産み、こうして育てられたこと。母の幸福は、阿泰が生きていること。あなたは自分の命を絶対に守り抜《ぬ》きなさい。目立たず、隠れて、意に添《そ》わぬことをしてでも、母は阿泰に生きていて欲しい。

阿泰、これを持って。あの方から頂いたものです。弾《ひ》き方はわかりますね？　安穏《あんのん》に、平穏《へいおん》に生きていて欲しいけれど、それだけでは辛《つら》いこともあるでしょう。これを弾きなさい。心を込めて弾き続けていれば、阿泰もいつか——に会えるでしょう。母があの方に会ったように。お別れです。阿泰……いいえ、泰波。

さらりと頬《ほお》を撫《な》でた手は、白くてひんやりしていた気がする。

あまり戻《もど》ってこない、埃《ほこり》っぽい自分の部屋で、泰波は牀《しょう》に寝《ね》そべっていた。牀と、わずかばかりの着《き》替《が》えと、琵琶《びわ》しかない。部屋には出来るだけ物を置かないようにと言われた。

——母さんは、何に会えると言ったっけ。子供には、難しい言葉だった。

変わった人だった。しっかりしていて、はっきりとものを言って、きれいだけど、美しさや女性らしさをあまり繕《つくろ》おうとしていなかった。賢《さか》しいと言われていたが、ただ単に、あの人は賢《かしこ》かったのだと思う。

生きているのかどうか。まぁ、この世の中だ。楽しく生きているかもしれないし、もう死んでいるかもしれない。どちらもあり得る。

泰波と呼ばれたのは、あの一度きりだったかもしれない。阿をつけるのは親しい者への呼び方だからおかしいことではないけれど、名で呼ばれた記憶《きおく》に乏《とぼ》しいのは、それだけ幼い頃《ころ》に別れたからだ。

もう何年たっただろうか。そもそも、何でそんなことを思い出す？最近は独《ひと》り寝が続いたせいか、それとも、

——あの子のせいかな。

能力があるのに、何もしないのは辛くはないのか。嫌《いや》なところを衝《つ》く言葉だった。それなのに、別に彼女を嫌《きら》いにならない。不思議だ。

親のせいにするわけではないが、安穏、平穏、とりあえず命があること、それは泰波の指針である。人に誇《ほこ》れるほどではないが、そう恥《は》ずかしくもない指針だろう。だが、それならあの子に構うべきじゃない。

面白《おもしろ》い子だと思った。興味があるのは否定しない。あの子がここに来た理由は親の罪のせいだろう。そして王子の寵姫《ちょうき》。人のことを言えた立場ではないが、ずいぶん激しい人生だ。

まだ身を起こさず、部屋の天井《てんじょう》を眺《なが》める。今日は久々に坊を出る。外の退官した老人の家に、琵琶を教えに行くのだ。

——琵琶なんて、ほとんど弾かないけど。

琵琶以外に目的があるのだから仕方がない。また、あの人が待っているのだろうか。

――喜花坊《きかぼう》に帰って来たら、また教坊の裏手に行ってみようか。

ぐっと目をつぶった。構うべきじゃないと思った先から、会おうとしている。

泰波！　と呼ぶあの子の声が、頭の中に蘇《よみがえ》る。きれいな声をしている。澄《す》んで、よく通り、柔《やわ》らかくて明るい。あの子の声で呼ばれると、自分の名がまるで特別なものみたいに聞こえる。琵琶を弾いてやると、まるで宝物にでも触れているような顔で、泰波の音を聴《き》く。

――あぁ、そうか。

今まで、この暮らしを嫌だと思ったことはない。見目はいいから、無聊《ぶりょう》を慰《なぐさ》めたいと思えば相手には事欠かないし、別に楽しくはないが今日のように外に出て色々とすることもある。琵琶を弾く時間はたっぷりある。

でも、誰《だれ》も聴いていなかった。耳に入り、巧《うま》いと噂《うわさ》に上っても、誰が弾いているのか確かめて、声をかけようとする人はいなかった。

――俺の音を聴くのも、俺の名を呼ぶのも彩琳だけだから、俺はあの子に会いたいんだ。

彩琳は、いつもの教坊の裏手にある庭で頭を抱《かか》えていた。

令霞は甘い餡《あん》の入った饅頭《まんじゅう》を、二つに割って彩琳にくれる。

「おいしいよ」

「あ、うん。ありがとう……」

悩《なや》む彩琳を慰めようと渡《わた》してくれたのだろう。一口食べると、甘さにほっとした。

「彩琳、何に悩んでるの？」

「歌舞《かぶ》をどうしたらいいか、わからなくなっちゃって……」

群舞《ぐんぶ》や、踊《おど》り手が舞台《ぶたい》上で人文字を作る字舞《じまい》などは、わかりやすく賑《にぎ》やかで、祝っている感じが出せるが、あまりに人手を割《さ》くと、予算が足りない。央蓮の財を頼《たよ》るのは避《さ》けたかった。あれは最後の手段だ。

「……衣装って、新調は無理よね？　槇槇？」

二人からずいぶん離《はな》れた場所に座り込んでいる槇槇に声をかけると、顔を上げて頷《うなず》いた。

「この予算なら、八人くらいが限界かなぁ？　もっとたくさん人を出したいんだっけ？」

「えぇ。でもそうすると、衣装を全員お揃《そろ》いで新調するのは難しそうなの。元々ある衣装だと数が足りないし……。槇槇、話しにくいから、もう少しこっちに来たら？　令霞は平気？」

尋《たず》ねると令霞はこくんと頷く。何度か顔を見ているので、槇槇に慣れてきたらしい。しかし槇槇の方がもじもじしてこちらに来ない。

「ごめん、緊張《きんちょう》する……」

その言葉に令霞がしょんぼりして、槇槇が慌《あわ》てた。

「そうじゃなくて！　あの……あんまりきれいで」

令霞の目元が濃《こ》い色に染まる。恥ずかしそうにぎゅっと目を閉じて俯《うつむ》いた。本人は気づいていないかもしれないが、饅頭をきつく握《にぎ》ってしまって、餡がはみ出ている。

「……むしろわたしが席外した方がいい？」

「「ここにいて！」」

二人とも聞いたことの無いくらい大きな声を出した。

令霞は槇槇のことを気に入っているようだった。

槇槇はごく人の好《い》い青年だし、好きすぎて令霞に近づけない状態になっているので、人見知りの令霞にはそこも良かったのかもしれない。

「令霞が踊れたら、たった一人でも見事でしょうね」

きっと群舞よりも、一人で自由に踊る方がきれいに違《ちが》いない。今まで見た、それこそ大酺《たいほ》で見た内人よりも、令霞が秀《ひい》でていると信じて疑わない。

令霞は薄《うす》く口を開いて俯いた。

「……あたしね、まだ、ここだと体が自分のものにならないの」

独り言のような小さな声だった。顔を上げて彩琳を見る。

「あたしの父様ね、とっても強いの。それで、踊りも武術も同じで、自分のことを自分のものに出来ないと駄目《だめ》って言ってた。でも、相手が強かったり、周りのことを気にし過ぎると、簡単にそれが出来なくなっちゃうんだって」

親のことを思い出したせいか、寂《さび》しそうな目をしていた。きゅっと眉《まゆ》を寄せる。

「でも、下働きでもなんでも手伝うから、言ってね」

「ありがとう。令霞と槇槇がいてくれて、本当に助かってる」

彩琳の言葉で、二人は視線を合わせてすぐ、照れたように逸《そ》らした。

自分を挟《はさ》んでもじもじしている二人は一度意識の外にやり、宴《うたげ》について考え始める。

設《しつら》えは、人並みには出来るだろう。食事は好みに合わせればよいのでたやすい。歌舞も好みに合わせればよいのだろうが、やはり、少しは新しい趣向《しゅこう》を入れたい。

席糾《せききゅう》として立つからには、その意味があったという仕事をしなくては。

急に自覚が芽生えたわけではない。ただ、央蓮に切り捨てられるようなことがあれば、彩琳は自分の手で蘇司山を追いやることは出来なくなる。

それでも、もし彩琳がたった一人になったとしても、蓮花《れんか》楽人《がくじん》を目指すことは出来るのだ。

この仕事をやり遂《と》げられれば、その可能性を、自分の中に残せる。

ただ、どうしたら王女を完璧《かんぺき》に喜ばせられるのか、目新しさを出せるのか、そんなことを考え始めたら、どうしたらいいのかわからなくなってしまった。

ため息をつくと、向こうから近づいてくる人影《ひとかげ》が見えた。見慣れた明るい茶色の髪《かみ》に、彩琳は頬《ほお》を緩《ゆる》ませる。

「泰波」

「何か悩んでる顔だね」

槇槇は泰波を見て、会釈《えしゃく》するように頭を下げた。令霞はすっかり泰波に慣れたようで、彩琳といる時と変わらない態度になっている。

「歌舞で悩んでるんだって」

令霞の言葉に「へえ」と頷き、槇槇と彩琳の間に腰《こし》を下ろした。教坊の壁《かべ》に凭《もた》れると、膝《ひざ》の上に袋《ふくろ》に入れたままの琵琶《びわ》を載《の》せる。

「今日は姿を見なかったけど」

「あぁ、琵琶を教えに行ってたんだ。……それで、ごめん」

泰波は銅銭をいくつか出して令霞を見る。

「令霞、お遣《つか》いを頼《たの》んでいいかな？　久々に外に出たら疲《つか》れてね。お釣《つ》りで好きなもの買っていいから。今日は飴《あめ》を売ってる人もいたよ」

「行く」

令霞は食べることが好きなので、喜び勇んで立ち上がる。泰波は槇槇に視線を移した。

「令霞一人じゃ、若い楽宮にからまれるかもしれないし、一緒《いっしょ》に行ってもらえませんか」

「それなら、おれが一人で買ってくるよ。令霞には飴を買えばいい？」

泰波は困ったような顔をして槇槇の腕《うで》を引いた。耳元で何かコソコソ話している。

「楽宮が官吏《かんり》にお遣いなんて頼めませんよ。それに…………と仲良く……」

槇槇の顔がみるみる赤くなり、泰波が離れると、わざとらしい咳《せき》ばらいをしてから令霞に声をかけた。

「……令霞、おれと一緒でもいい？」

令霞は恥《は》ずかしそうに頷いて、二人は坊門の方へ向かって歩き出した。

「令霞と槇槇を、二人きりにしてあげたの？」

泰波は「はは」と笑った。

「あの二人、見ててもどかしいからね。それに、俺も二人きりがよかったし」

「……誰《だれ》かがいると困る話？」

何か内密な話があるのかと彩琳は声を潜《ひそ》める。

「人が来たら困るようなことしてもいいけど、あの王子様は怖《こわ》そうだからね」

独り言のような言葉が聞き取れずに彩琳が目だけで尋ねるが、泰波はにこっと笑うだけでもう一度言うことはしなかった。

「それで、彩琳は何に悩んでるの？」

「歌舞の見せ方を、どうしたらいいのかと思って……。やっぱり、席糾としてやるなら、新しいことというか、席糾がいた意味のあることをしたいじゃない？」

泰波は「ちょっとごめん」と言って、一度目を伏《ふ》せて深いため息をつく。本当に疲れているらしい。泰波は膝に載せていた琵琶を抱えると、目を伏せた。

「琵琶を教えに行くのって、疲れるの？」

「うん、まぁ、琵琶だけならこんなに疲れないんだけど、苦手な人に会ってきたから……。それより宴のことだけど、王女の母親は、厳しい方みたいだ。人にきつく当たるわけじゃなくて、厳正な人だね。家族仲は本当にいいみたいで、王女の父親も、斗幡から来た母親を丁重《ていちょう》に扱《あつか》ってるらしい。王女は、一緒にいる時間が長いからか、母親の方が好きみたいだ」

彩琳は目を閉じた泰波の顔を覗《のぞ》きこんだ。

「……そんなこと、どこで聞いたの？」

泰波が薄く目を開き、ちょっと口角を上げる。

「内緒《ないしょ》。……でも、君を謀《たばか》ったりはしないよ。母親が気に入る宴を考えた方が、成功するかもね。十一歳の女の子より、親の評価の方が重みがある」

「できれば、王女が喜ぶ宴にしたかったんだけど……」

王女にとって母の存在は大きいようだ。色々と考え直すべきだろうか。焦《あせ》った表情の彩琳を見てから、泰波は空に視線を移す。高い空の上から、笛のような鳶《とび》の声がした。

「……たとえば、この仕事に失敗したら、王子様の寵が去ったりするの？」

「それもあるかもしれないわね」

央蓮との関係が切れれば、やはり彩琳に出来ることは狭《せば》まる。不安はあった。

「もし王子様に振《ふ》られたら、俺が慰《なぐさ》めてあげる」

「失敗する前提で話さないでよ」

あははと笑って、泰波は少し俯いた。言いにくそうに、どこか照れたように下を見て呟《つぶや》く。

「失敗してほしくないから色々言ったけど、本当は君が見たいものを作ってほしい」

「……わたしの見たいもの？」

「王女やその親の好みに合わせれば、成功すると思うよ。でも、いくら考えたって、人の気持ちなんて、わからないだろ」

ずっと地面を見たまま、泰波は訥々《とつとつ》と話す。

「君が、俺と初めて会った……って言うのはおかしいか、俺に弾《ひ》いてって言った時、令霞の踊《おど》りを、途中《とちゅう》で止めたよね。というか止まるっていう踊りをさせた」

下を見たままの彼の視界に入ったかはわからないが、彩琳は頷《うなず》く。

「俺、あれがとても好きだった。……妃《きさき》や王女の好きなものって、今まで見てきたものの中で、好きだったものだろう？　でも、俺だったらあんな風に、見たことのないものが見たい」

彩琳は、泰波の隣《となり》で膝を抱《かか》えて、空の上を見た。青い空の下は、気持ちがいい。

——誰《だれ》も見たことのない、わたしが、見たいもの。

春雲王女は、この国の王族の父、異国の王家から嫁《とつ》いだ母、違《ちが》う世界を生きてきた二人の間に生まれ、睦《むつ》まじく暮らす両親に愛されて育《はぐく》まれた。

彩琳は、自分の父母を思い出した。貴族の父と、身分の低かった母。父は彩琳に、母の出自を隠《かく》さなかった。体によさそうなものを何でも交ぜて淹《い》れたお茶をみんなで飲み、母は彩琳に字を教えて詩を朗読し、父の琴《きん》で歌を歌った。彩琳に花を持たせて、踊らせたこともあった。裾《すそ》が絡《から》んで転んだ記憶《きおく》があるから、思えばあの頃《ころ》から、彩琳は踊りにも才が無かった。

ふふ、と笑いが漏《も》れた。

――わたしの見たいもの。

思い出したい風景が、頭の中を流れていく。春の野で、父母と共に過ごした日。

それが、作れるのだろうか。作れるかもしれない。

宴席《えんせき》を仕事だと思っていた。予算と睨《にら》み合い、主賓《しゆひん》の情報と照らし合わせて積み上げていくものだと思っていた。でも、そうだ、これは宴だ。きれいなものを、作ればいいのだ。

何か熱いものが、胸から沸《わ》き上がってきた。ほんのわずかな熱が、少しずつ膨《ふく》らんで、体に満ちていく。

踊りでは作れない。楽器でも作れない。歌でも作れない。

でも、それを組み合わせることで「宴」という場、何かを見せるその場と時間の中に、その風景を作れる。席料という立場だからこそ、出来ることがある。

「泰波！」

立ち上がった彩琳を、泰波の不思議な色の瞳《ひとみ》が見上げる。

「わたし、見たいものがあるの」

秘密を打ち明けるように、そっと囁《ささや》く。泰波は、人なつこい笑顔《えがお》で頷いた。

「いいね。とてもいい」

その言葉は彩琳に力をくれた。


——雨が降らなくて良かった。

雨でもできる代案は整えていたが、晴れの方が似つかわしい。

彩琳は少し濃《こ》いめの化粧《けしょう》をしていた。表に出ることはほとんどないが、もしも呼び出された時に、無礼があってはいけない。濃くしたかったわけではないが、隈《くま》を隠そうとしたら、そうなってしまった。不安から肩《かた》の披《ひ》帛《はく》、襟元《えりもと》や裙《くん》の裾を何度も直す。ろくに寝《ね》ていない。何もかも、新しく作り直した。場を宮殿《きゅうでん》から外に、揃《そろ》いの衣装からバラバラの衣装に、何もかも、当初の予定から変えてしまった。槙槙には迷惑《めいわく》をかけた。令霞は緊《きん》張《ちょう》していないだろうか。踊るわけではないから、きっとやってくれるはずだ。

不安がないわけではないどころか、もはや不安しかない。今からでももし怒《おこ》られないのなら、今まで通りの無難な宴《うたげ》に戻《もど》してしまいたい。

——でも、わたしはこれが見たい。


央蓮は苛立《いらだ》っていた。

——なぜ、わざわざあんな狭《せま》い庭園を選んで、野外の宴を開くのだ。

彩琳の文《ふみ》での説明は要領を得ず、詳《くわ》しい内容はわからなかった。しかし、衣装は揃えず、塀《へい》に仕切られた小さな庭園で行うこと、踊りのための舞台《ぶたい》は建てないことなどが書かれていた。

予算が足りないのならば出すと言っても彩琳は聞かなかった。

その結果が、狭い庭園で、楽宮の衣装一つ揃いに出来ない宴だというのか。

——買い被《かぶ》ってしまったのか。

宮中の庭園へと輿《こし》で移動する間、央蓮の頭の中を疑念と不安が巡《めぐ》っていた。

——王女の立場を軽《かろ》んじていると思われても仕方がないぞ。

宴が終わり次第《しだい》春雲の両親に央蓮から謝罪を入れ、彩琳とは距離《きょり》を置かねばならないかもしれない。楽宮としてだけでなく役に立つ娘《むすめ》だったが、足手まといになるようなら論外だ。失敗した後も彩琳を側《そば》に抱えておけるほど、央蓮は余裕《よゆう》のある立場ではない。

見誤ったかもしれない。その後悔《こうかい》ばかりが胸を衝《つ》く。

そんな風に感じる自分がわからなくもあった。元より険しい道を往《ゆ》こうとしている。駄目《だめ》ならばそれまでと、そう思って来たではないか。

叔父《おじ》である義宵に、この宴席の失敗を知られたくないせいだろうか。正体のわからない苦しい思いを噛《か》みしめながら、央蓮は輿を降りる。

庭園の入り口を見つめ、ぎり、と歯を噛む。白い塀にぽっかりと開いた円形の入り口を、重い足取りで潜《くぐ》り抜《ぬ》けた。

潜り抜けた瞬間《しゅんかん》、央蓮は一度目を瞠《みは》り、そして振り返った。思わず、今通ったばかりの入り口を確かめた。当たり前だが、まだそこにある。そして、ゆっくりと庭の中に視線を戻す。

別天地。浮《う》かんだ言葉に、大げさすぎると首を振ろうとしたが、目が離《はな》せない。

塀の中の小さな庭園は、一面淡紅《たんこう》の花で満ちていた。海棠《かいどう》は盛りを迎《むか》え、梢《こずえ》を見上げれば花弁の先端《せんたん》から紅色が滲《にじ》んだような花が満開だった。小ぶりな薔薇《ばら》は、見た目には派手ではないが、庭園の中に良い香《かお》りを漂《ただよ》わせる。盛りを過ぎ始めているはずの牡丹《ぼたん》は今日開き切ったという艶《あで》やかさで、白に近い桃色《ももいろ》、淡紅、粉紅《ふんこう》と、濃淡《のうたん》を変えあちこちに大輪の花を咲《さ》かせていた。小ぶりなのは芍薬《しゃくやく》だろうか。

中央には一段高くし、屏《びょう》を立てた主賓の席と、賓客《ひんきゃく》たちの席が作られている。その周りには、どこから手に入れたか桃花《とうか》が活《い》けられていた。

――なるほど。

同じ庭で、全《すべ》ての花を満開にするのは不可能だ。元より庭は、一つの季節に見ごろを作るものではなく、いつの季節も楽しめるように作るものだ。牡丹や芍薬は、鉢植《はちう》えだった。下草で鉢を見せないように飾《かざ》っている。

この小さな庭の中で、散り始めるはずの花も、これから蕾《つぼみ》を綻《ほころ》ばせるはずの花も、きれいに咲き切っている。

春の美しさを全て集めて、時を止めたようだった。

「央蓮さま！」

利発そうな少女の声に、央蓮はわずかに表情を緩《ゆる》める。幼子には怖《こわ》がられることの多い央蓮だが、春雲は央蓮に怖《お》じることなくものを言うので、央蓮も気に入っていた。

春雲はこの庭が気に入ったらしい。興奮した様子で主賓の席から駆《か》けてきた。頬《ほお》は庭の花と同じように薄赤《うすあか》く染まっている。

祝いの席ということで、いつもより豪奢《ごうしゃ》な装いだ。釵《さい》と歩《ほ》揺《よう》を幾《いく》本も髪《かみ》に飾り、鈴《すず》のような軽い音がする。

慌《あわ》てて春雲の後を追いかけてきた侍《じ》女《じょ》が、央蓮に礼をする。見れば庭の中では、春雲の弟の他《ほか》に、彼女と年の近い、親交のある貴族の娘たちが花を眺《なが》めたりしている。

「春雲殿《どの》、祝いに来ました。おめでとうございます」

「ありがとうございます」

春雲は一度きっちりと礼の姿勢をとると、こらえきれなそうにまた顔を上げた。

「央蓮さまの大切な方が、お庭をこうしてくれたのでしょう!?　お話を聞かせてください！」

「春雲殿、主賓であれば、席につかねば」

促《うなが》しても春雲は央蓮の側《そば》を去らない。

「でも、まだ座らなくてもいいと思います」

どういうことかと眉《まゆ》を寄せると、春雲は輝《かがや》くばかりの笑顔を見せた。

「宴の前に、百闘草《ひゃくとうそう》をするんですって」

百闘草、市井《しせい》の子供のする遊びではなかったか、聞いたことしかないが、摘《つ》んだ花の数や珍《めずら》しさを競《きそ》うものだったと思う。

——宮城の花を摘むだと？

彩琳が用意した牡丹や芍薬であればいくら摘んでも構わないが、庭園の木や花を勝手に毟《むし》られては困る。一つ不安が去れば、また一つ不安になる。これで宴が始まったらどうなるのか、そう思った時、春雲の両親が到着《とうちゃく》した。

春雲の父は、異国から妻を迎えた。国内の貴族を妻とした王族と違い、央蓮の外戚《がいせき》との利害関係がない。関係の悪くない親類だったからこそ、こんな無理を頼《たの》んでしまった。

名は赫揚安《かくようあん》。小太りな体型の、穏《おだ》やかな男だ。義宵や皇帝《こうてい》とは従兄弟《いとこ》だが、あまり似たところはない。

互《たが》いに拱手《きょうしゅ》すると、揚安の後ろから、彼の妻の多紫妃《たしひ》が姿を現し、微《かす》かに笑んで礼をした。

この場にいるべき者が全て揃った。央蓮の胸に不安がよぎる。

——失敗すれば、私はお前を切り捨てなければならなくなるのだぞ、彩琳。

それを何故《なぜ》自分が恐《おそ》れるのかは言葉にならないまま、央蓮は、この宴の成功を願った。


駆けまわりたくてうずうずしていた。そこら中に咲く花に目を奪《うば》われて、視線が定まらない。たくさんつけた髪飾《かみかざ》りが耳元で音を立てる。きれいな髪飾りは嬉《うれ》しいけれど、可愛《かわい》いと邪魔《じゃま》がせめぎ合う。いつもなら動きやすさが勝ってしまうけれど、今日は誕生日だから、素敵《すてき》な髪飾りをしてきれいにしたい気持ちが、ほんの少し勝った。

「春雲」

母に窘《たしな》められて落ち着こうとするが、それもうまくいかない。元々きれいな庭だが、こんなに花で埋《う》め尽《つ》くされているのは見たことがない。薔薇の甘い香りがした。

——あの薔薇を摘もう。お母さまに差し上げよう。よい香りのするものがお好きだから。淡《あわ》い芍薬は、きっとお母さまにお似合いになる。お父さまには、なんだろう。あんまり差し上げては点数が低くなってしまうから、我慢《がまん》していただこう。

そんな風に考えているとまた視線が彷徨《さまよ》って、母は目だけで春雲を叱《しか》った。庭の中には春が充《み》ち、青空には柔《やわ》らかそうな雲が浮かんでいる。それを見るだけでも、顔中笑顔《えがお》になってしまう。

——私のための日だ。

給仕《きゅうじ》や手伝いの仕事をする人だろう、平凡《へいぼん》な見た目の楽宮が礼をした。きれいな声で春雲の誕生日を言祝《ことほ》ぐと、後は形式ばった挨拶《あいさつ》をした。澄ました顔を作って頷《うなず》いて見せたりしたが、よく聞いていなかった。今日は聞きたいことだけ聞いていたい。したいことだけをしたい。早く百闘草を始めてほしい。

「では、これより百闘草を楽しんでいただきたく思います」

パッと顔を上げる。

「ですが、摘み取るのはこの庭の草花ではありません。これから花が参ります」

——花が、参る？

どん、と太鼓《たいこ》の音がして、次は篳篥《ひちりき》、明るい箏《そう》と箜篌《くご》の音。笛と弦《げん》が奏《かな》でる賑《にぎ》やかな曲と共に、色とりどりの花が現れた。

花そのものが出てきたのではない。一人一人、別々の衣装をまとい、髪に花を挿《さ》している。

黄色は木香薔薇《もっこうばら》、眩《まぶ》しい淡紅は玫瑰《はまなす》、衫《さん》や裙《くん》も花や葉の色をして、花の刺繍《ししゅう》が施《ほどこ》されている。きれいな楽宮たちが踊《おど》るように歩む姿は花の精のようだ。

春雲はこらえきれずに少し笑った。

宮城の中の、狭《せま》い庭だ。白い壁《かべ》の向こう側からは、こんなことが起きてるなんてわからないだろう。それがなんだか可笑《おか》しかった。

座って歌舞《かぶ》を見て、食事をとるのがいつもの祝いだ。それも楽しい。

でも、今日は舞台《ぶたい》の上の歌舞を見るのと違《ちが》い、春雲の周りが丸ごと、別の世界のようだった。

――仙境《せんきょう》の中に迷い込んだみたい。

春雲は木香薔薇に扮《ふん》した楽宮を追いかけた。母と似た肌《はだ》の色をしたその人は、顔立ちはもっとはっきりして、青い瞳《ひとみ》のとてもきれいな人だった。はにかんだような笑みを浮かべて、甘やかな香りのする黄色い花を手のひらに授《さず》けてくれた。

百闘草は、春雲は二番だった。普段《ふだん》はどちらかといえば負けず嫌《ぎら》いなのだけれど、今日は構わないと思った。一位だった侍女は春雲に勝ちを譲《ゆず》ろうとしたが、笑顔で首を横に振《ふ》った。

「こういうのはきっと、勝ったり負けたりするから面白《おもしろ》いの。またしましょう」

「よく言いました、春雲。……こちらへ来なさい」

母に呼ばれて、傍《かたわ》らに座る。母に渡《わた》した木香薔薇は、膝《ひざ》の上にそっと載《の》せられていた。

「健《すこ》やかに育ってくれたこと、嬉しく思います。母からの贈《おく》り物です」

春雲は母に礼をしてから、布にくるまれたものを受け取る。問うように母の目を見つめると、柔らかい視線を返されたので、そっと薄布《うすぬの》を広げた。

「わぁ……」

それは、桃色《ももいろ》と白が混じった玉で出来た美しい数珠《じゅず》だった。母を見つめ、礼をする。

「お母さま、ありがとうございます」

母は信心深い。母の名は煌の字をあてているが、斗幡では吉祥《きっしょう》を意味する名だという。

「あなたがこれからも健やかであるよう願いを込めました」

嬉しくて、何度も礼を言った。

幸せな気持ちのまま食事が始まった。庭の周りで、先程《さきほど》とは違う楽宮たちが、遊ぶように踊るのが目に入ってくる。並んだ料理は春雲の好物に縁起《えんぎ》物、桃の形の饅頭《まんじゅう》が可愛らしい。

どれを食べようか迷っていると、ふわりと、春雲の苦手な香《かお》りがした。

母が、持っていた杯《はい》を置く、高い音がした。

「席糾《せききゅう》はどこか！」

彩琳は、ドキッとしながら進み出た。

この時、初めてしっかりと妃《きさき》の顔を見た。

多紫妃は、どこか幼さを感じる愛らしい顔立ちだが、少女というより少年めいた造りをしている。意志の強そうな眉にしっかりとした口元が、春雲王女とよく似ていた。

「わたしです」

「酪《らく》を使った料理がある。春雲は酪が嫌《きら》いだと伝えたはず。何故使った」

強く、重さのある話し方だった。視線の強さと、周囲の静まり返った空気に、体が震《ふる》えた。

「答えよ！」

彩琳の体が反射的に竦《すく》む。体が震えて、まずはとにかく謝らねばと思うが、耳の中に自分の鼓動《こどう》が響《ひび》いて、うまく頭が回らない。

——酪を使った理由はある。でもこんなに怒《おこ》ってるんだから、まずは謝らなきゃ。

相手は王族なのだ。楽宮が口答え出来る相手ではない。

ふっと、花の香りを含《ふく》んだ柔らかい風が、彩琳の歩揺《ほよう》を鳴らした。澄《す》んだ音に我に返る。

——あ。

恐怖《きょうふ》に竦んでいた彩琳を勇気づけたのは、自分の作ったこの景色だった。

父母と共に春の野で花を摘んだ思い出が蘇《よみがえ》る。花でいっぱいの籠《かご》を抱《かか》えた幼い彩琳を、父が抱《だ》き上げ、遠く連なる山を見ながら、静かな声で彩琳に教えてくれた。

『ねえ、彩琳。忘れてはいけないよ。着る物や住む家や肩書《かたがき》、見た目がどれだけ違っても、同じ人と人でしかないんだ。だから彩琳は、いつも彩琳のままでいなさい。偉《えら》ぶることも、卑屈《ひくつ》になることもない、彩琳のままで、人に敬意を持って生きていけばいい』

そうだった。だから父は、彩琳に貴族の家格の上下をあえて教えなかった。

成長した彩琳が、うるさい親類たちと何故付き合いを続けるのかと聞いた時、父は琴《きん》を弾《ひ》きながら、苦しげな表情で静かに言った。

『人と人は分かり合えないこともある。それでもね、最初からそれを諦《あきら》めたくはないんだよ』

目の奥が熱くなって、深く息を吸って、吐《は》いた。

――ありがとう、父上。

手だけは礼の姿勢をとったまま、多紫妃の顔をまっすぐに見つめる。

少し、安心した。

――多紫妃はきっと、よい、お母上だわ。

娘《むすめ》の嫌いな酪を出したことに、怒《いか》り狂《くる》っている表情ではない。なぜあえて使ったのかを、確かめようとしているだけだ。そこに娘を傷つける意図がないかを、見定めようとしている。

視界の端《はし》で、央蓮が不安げな顔をしている。心の中で、大丈夫《だいじょうぶ》よと呟《つぶや》いた。

彩琳はお腹《なか》に力を込めてから、声を出した。

「このような趣向《しゅこう》としたのは、春雲さまに知っていただきたかったからです」

彩琳に厳しい視線を向けたままではあったが、多紫は一度口を噤《つぐ》む。聞いてくれるようだ。

「斗幡では、酪をよく食されると聞きました」

「娘の祝いの席で、妾《わらわ》に媚《こ》びたと申すか。春雲を蔑《ないがし》ろにするなどもってのほか」

「違います。この庭園は、道士の庭と同じ造りだと聞き、宴《うたげ》の場といたしました。道士の庭は小さい中に別の天地を造ることを目指すと聞きます。わたしは、煌国の春を、ここに作りたいと思いました」

　多紫は鋭《するど》い視線を彩琳に向け続けている。

「酪を使った理由を聞いている」

「……同じことです。桃《もも》はすでに盛りを過ぎ、芍薬《しゃくやく》はこれから盛りを迎《むか》えます。全《すべ》てが咲《さ》きそろっているのは、各地の花をここに集めたからです。庭で煌の広さを、料理でその先に広がる異なる文化を、知っていただきたいと思いました。様々な土地のものを受け入れ、混じり合った文化を作りながら煌があること。そして、多紫妃《ひ》が生まれた国のことを、その間に生まれたご自身のことを、知っていただきたかったのです」

　央蓮が、硯《すずり》から行ったことの無い土地の自然と、その土地の人の技術を感じ取っていたように、この都しか知らない王女に、煌の広さと彼女の母を育《はぐ》んだ文化を、それがこの国の文化と溶《と》け合っていることを少しでも感じてほしかった。

「使ったのは、酪だけではありません。斗幡は生薬の産地と聞き、汁物《しるもの》にも用いていますし、羊肉を使ったのも、同じ理由です。多紫妃を喜ばせようと思うならば、そのまま斗幡の料理をお出ししました。ですが、今日は春雲王女のご誕生のお祝いです。ですから、料理人に斗幡の食材を使った、煌国の料理をと頼《たの》みました」

押しつけがましかったかもしれない。だが、彩琳は、春雲王女に自分を重ねていた。違う世界に生きてきた両親の間に生まれたことに、近さを感じていた。彩琳の母は異国人ではないが、父とは住む世界が違った。それを乗り越《こ》え、睦《むつ》まじく暮らす難しさを知っている。少女が生まれたこの日に、両親のことを深く知ってほしかった。

不満げな多紫と、穏《おだ》やかな顔の揚安は、しばし黙《だま》っていた。

「出過ぎたことをして、申し訳ありません。……その皿はお下げします」

これ以上我を通せば、春雲にとって嫌《いや》な思い出となるかもしれない。彩琳は頭を下げた。

「待って！」

遮《さえぎ》ったのは、春雲の声だった。酪を使った焼き物を箸《はし》で取ると目をつぶって口に入れる。眉《み》間《けん》にしわを寄せてしばらく嚙《か》むと、やっとのことで飲み込んだ。

「……おいしくは、ない」

そう言ってから、母親に笑いかけた。

「でも、お母さまの国では、酪をよく食べるのですか？　どんな料理に使うのです？」

多紫はちらと彩琳を見てから、春雲と目を合わせる。

「遊牧をする者が多い国です。山羊《やぎ》や羊の乳は、常に共にあります」

揚安は安心したように笑い、春雲を見つめた。

「これからは、斗幡のことも少しずつ学びなさい。煌とは、色々と違うことも多い国だ」

「そうなのですか？　なぜ煌のようにしないのでしょうか」

幼い言葉に、父親はうん、と一度頷《うなず》いた。

「土地や気候、風土に合わせて、文化や決まりも変わっていく。無理に同じことをする必要はないんだ。それに、僕が、僕とは何もかも違《ちが》う多紫を好きになったように、それでも僕たちは幸せに暮らしていける。春雲たちを授《さず》かったことが、その証拠《しょうこ》だ」

多紫は、彩琳に目だけで下がるよう促《うなが》した。もう一度礼をして、彩琳は下がった。

和《なご》やかな食事が再開し、ゆったりとした音楽が、楽し気な春雲の周囲を包んでいる。

春の色をした花びらが、甘い風の中に舞《ま》っていた。


宴が終わった後、彩琳は膝《ひざ》をつきたくなった。

出席者にとっては、食事を終えれば宴は終わりだが、彩琳たち楽宮にとって、何もかも片付けて元の状態に戻《もど》すまでが宴である。作った席を取り払《はら》い、庭園に大量に運び込んだ鉢《はち》を片付け、庭園から宴の名残《なごり》が消え去った瞬間《しゅんかん》、濁流《だくりゅう》がぶつかるように後悔《こうかい》が押し寄せた。

——お妃になんてこと言っちゃったのかしら。そうよね、酪を料理に使うにしても、においが気にならないようにとか、方法はあったはずよね。

見たいものを、見せたいものを、作れたとは思う。

両親と野に出て花を摘《つ》んだ、幸せな記憶《きおく》。思い出の中の百闘草をしたという事実ではなく、その時に感じた美しさや楽しさを、創《つく》り出せたと思う。

——春雲王女は楽しんでくれたかしら。

令霞にも宴のことを聞いてみたい。木香《もっこう》の花の衣装を纏《まと》った令霞はとても美しかった。

だが感想を聞く間もなく、片付けのために令霞は先に喜花坊《きかぼう》に戻ってしまった。席糾《せききゅう》の彩琳は、監督《かんとく》のために最後まで残らなくてはならない。

「ま、駄目《だめ》でも気にしないことね」

彩琳の肩《かた》を、楽宮の女性がポンと叩《たた》いた。笛を布にくるんだ男性の楽宮もうんうんと頷く。

「失敗だって言われるかもしれないけど、気にしなくていい」

彩琳は慰《なぐさ》められて絶望に近い気持ちを味わった。ぽろっと、涙《なみだ》が零《こぼ》れる。

「やっぱり、これって、失敗したのよね……？」

楽宮の二人は顔を見合わせてから、声を出して笑い出した。

「あのね、今日は完璧《かんぺき》に出来たと思っても、駄目って言われることもあるの」

どういう意図で言われているかわからず、彩琳は先輩《せんぱい》楽宮二人の顔を見比べた。

「失敗でも気にしなくていい、ってのは、これが良い宴だったからだよ」

今度は、その言葉が不安な胸に染《し》みて涙が伝う。

「泣かないの。自信持ちなさい。……あらら、あたしたちお邪魔《じゃま》みたいだから、先に戻るわね」

「皆《みんな》、庭から出しとくよ」

小声で言うと彩琳の肩の向こうに視線をやってから、誰《だれ》かに恭《うやうや》しく礼をして、楽宮たちは彩琳を横切り去って行く。待ってというように振《ふ》り返ると、目の前には鋭い目をした男が立っていた。

「央蓮……様」

まだ残っている楽宮を気にして、敬称《けいしょう》をつけた。

「何故《なぜ》、泣いている」

珍《めずら》しく驚《おどろ》いた顔をした央蓮が、彩琳の頬《ほお》に触《ふ》れて上向かせ、親指でおずおずと涙を拭《ぬぐ》う。

「わたし、ちゃんと出来た？」

しばし無言で彩琳の頬を拭ってから、央蓮は深く頷いた。

「今まで、形の残らないものに意味はないと思っていた。だが、きっと春雲殿《どの》の中に、今日のことは長く残るだろう。……私の胸もまだ、不思議な心地《ここち》がする。心の中にしか残らないものというのは、不思議だ」

彩琳はその言葉にまた涙が出る。最初は不安で、次は温かい言葉に慰められて、そして今はただ嬉《うれ》しいのに、なにもかも全部、涙になって目から出て行く。

央蓮は彩琳があまりに泣き止《や》まないので、今度は袖《そで》で押さえて涙を吸わせる。困った顔をしていた。

「だめ、袖に白粉《おしろい》がついちゃう」

「構わん」

喜花坊に来るまで掌中《しょうちゅう》の珠《たま》として育てられた彩琳はまだ若く、大きな理想を手にするために自らの行動を律してきた央蓮はまだ青かった。

周りを欺《あざむ》くために睦まじい振りを繰《く》り返した末、互《たが》いの心身の距離《きょり》感《かん》が、普通《ふつう》と違う特殊《とくしゅ》なものになっていることを、二人ともよく分かっていない。

「彩琳、こういう仕事が向いていると思ったのは嘘《うそ》ではない。……少しお前を疑いもしたが……それはいい。最初は、人をまとめたり、雑事に向いた才があるだろうと思ったのだ。だが、こんな結果を、あんな景色を作り出せるとまでは、思っていなかった」

央蓮は、彩琳を泣き止ませようとしていつもより饒舌《じょうぜつ》だった。

「誇《ほこ》っていい。多紫妃は帰り際《ぎわ》、彩琳の名を尋《たず》ねに来たぞ。『任せてよかった』と。私もそう思う。美しい宴だった」

ぶわっと、体の中で大きな花が咲いたような気がした。涙がひいて、今度は喜びだけが充《み》ちてくる。

「落ち着いたか？　本当に、よく働いた。私は飛びぬけた才がないゆえ、お前の才が本当に、好《い》いと思った」

彩琳は、不思議そうな顔になる。

「皇帝《こうてい》になるなら、人を見出《みいだ》すのが、あなたの仕事でしょ？　わたし、自分でも席料の仕事なんて出来ると思わなかったわ。わたしが結果を出せたなら、それはあなたに才があったってことじゃないの？」

時が止まったように、央蓮は彩琳を見つめていた。視線を合わせた数など数えきれないのに、初めて見るような目で、彩琳を見つめている。

「央蓮、わたし結果を出せた？」

もう一度、央蓮に尋ねると、目にはいつもの鋭《するど》い光が宿る。返ってきたのは力強い答えだった。

「あぁ」

「じゃあ、あなたも結果を出したのよ」

そう笑った瞬間、央蓮の腕《うで》が、彩琳を深く抱《だ》き込んだ。

「ど、どうしたの？　央蓮？」

「天地が、覆《くつがえ》った」

彩琳は、央蓮の腕の中で首をよじって周囲を確認《かくにん》する。

「覆ってないけど!?」

肩を摑《つか》まれ、体を離《はな》された。何の事だかよくわからずに彼を見上げると、いつもの央蓮だった。いや、笑っている。あの、少し口元を緩《ゆる》めただけの笑い方で。

「冗談《じょうだん》だ。……少し、傾《かたむ》きはしたが」

「何が⁇」

何の事だかわからない彩琳を、央蓮は呆《あき》れと不機嫌《ふきげん》が混じった顔で「物覚えが悪い」と急にけなし、すたすたと先を歩き出す。

日は沈《しず》んだが、まだ青い空に、白い月が浮《う》かんでいた。

「彩琳、近いうちに会いに行く。あのよくわからない味の茶を淹《い》れてくれ」

「いいけど……」

「他《ほか》の者には、あの茶は出すな」

央蓮の視線と声に、どこか甘えるような幼さがあった。彩琳はなぜか、ほんの、ほんの少しだけ、央蓮をかわいく思ってしまって、そんな自分にたじろいで赤くなった。


喜花坊に戻ると、先に戻っていたはずの令霞が門の側《そば》で待ってくれていた。槇槇と、泰波もいる。

「彩琳、お帰り！　よかったねぇ、すごかったよ！」

駆《か》けてきた令霞がぎゅっと抱き着いた。

「令霞もとってもきれいだった！　ありがとう、宴《うたげ》に出てくれて」

抱き返そうとした自分の腕に、あまり力が入らないことに気づく。何か力仕事をしたわけでもないのに、疲《つか》れていた。

「成功したみたいだね」

泰波が安心したような表情で彩琳を見た。

「……そう、なのかしらね。今はとにかく、ほっとしたっていうか、疲れたっていうか、自分でもよくわからないの。でも」

自分を待ってくれていた三人に、彩琳は頭を下げた。

「ありがとう。本当にみんなのお陰《かげ》。泰波には、本当に助けられたわ」

彼の助けがなかったら、この宴を作れていなかったと思う。泰波が優《やさ》しく笑う。

「楽しかったんだね。そういう顔してる」

驚いて、自分の顔に触れた。

「本当？」

令霞と槇槇がうんうんと頷《うなず》いた。

言葉が出ないまま、まだ自分の頬に触れていた。言われるまで、わからなかった。

でも、それはすとんと胸に落ちた。そうだ、とても、楽しかったのだ。

五　完璧な宴

「次の仕事を頼《たの》みたい」

彩琳は、体のわきで両の拳《こぶし》を握《にぎ》りしめた。そうしてじんわりとした嬉しさを味わっていた。

あの宴で、央蓮以外の賓客《ひんきゃく》から直接褒《ほ》められたわけではない。だが、彩琳は仕事が増えていた。あの宴に出ていた楽宮から、口づてで師範《しはん》に評判が伝わったらしい。とはいえ席糾《せききゅう》を立てる宴はないので、やっているのは今まで通りの裏の手伝いに下働きだ。

それでも今までとは違《ちが》い、求められて仕事をしているというのが嬉しい。

そして、央蓮の用意した宴での席糾であれば、春雲王女の宴のようなことも出来るのだ。

央蓮は榻《とう》に少し崩《くず》れた姿勢で腰《こし》かけて、帯に付けた飾《かざ》りの紐《ひも》を手でもてあそんでいる。

「この宴は、地方の監察《かんさつ》で成果を上げたことを労《ねぎら》うものだ。その際の護衛もいたため、文武の官が出席する」

卓《たく》の上に手を伸《の》ばすと、他の人に出すなと言うほど気に入ったらしい、彩琳の淹《い》れた茶を飲んで息をついた。

――高い材料は使ってないから、他の人に出しても央蓮の分がなくなるわけじゃないのに。

「文官と武官なんだがな、あまり仲が良くはない。どちらか一方を重んじていると思われても困る。そのあたりは気を付けてくれ」

彩琳は意気込んだ気持ちから、央蓮の側に立って話を聞いていた。央蓮が顔を上げる。苦々しい表情が浮かんでいた。

「……そして、その宴に、蘇司山も出る」

「えっ!?」

驚《おどろ》きで、肩《かた》が震《ふる》えた。そのすぐ後に、胸の中に嫌悪《けんお》が渦巻《うずま》く。

「地方の監察というのが、以前蘇司山の指示で行われたものなのだ。実行したのは御史《ぎょし》台《だい》の部下だ。そう大きくない宴席《えんせき》だが、そういう理由で今は中書省にいる蘇司山も出席する」

感情のままに口を開きかけた彩琳を、央蓮はきつい目で見上げた。

「よいか。まだ、私もお前も、蘇司山に手を出す力はないのだ。逆に考えてみろ、ここで彩琳の宴席を蘇司山が気に入れば、懐《ふところ》に入ることも出来るかもしれない。そうすれば、復讐《ふくしゅう》にも蓮《れん》花楽人《かがくじん》にも、もっと早く近づけるぞ」

「でも……！」

「とにかく、次の仕事は早い方がいい。彩琳を席料と出来る宴がこれだけだった。外交などの国事に関《かか》わる宴は、小さいものでものちの禍根《かこん》になり得る」

蘇司山が関わる宴を、自分が取り仕切るなんて、と、彩琳は心の中で悩《なや》んだ。

「それと、宴の主賓《しゅひん》は官吏《かんり》たちだ。やりたくないのはわかるが、ここは堪《こら》えろ」

彩琳はわずかに頷く。官吏たちがみな蘇司山と同じ考えで、同じ悪事に加担してきたわけではないとわかっていても、複雑な想《おも》いは残った。

「前のように仕事をすればいい。蘇司山は彩琳の出自は知らない。ただの色ぼけた王子とその寵姫《ちょうき》に過ぎん。あまりに蘇司山を意識して臨《のぞ》んでは、却《かえ》って墓穴《ぼけつ》を掘《ほ》ることになるぞ」

「……わかったわ。蘇司山のことは、考えないようにする」

央蓮は軽く頷いて、また茶を一口飲んだ。

「……あなた、本当にそのお茶好きね」

「よそで飲めないからな。……そうだ、明日、その宴席のことで、一度官吏が訪ねて来る。井槇根と一緒《いっしょ》に会っておけ」

いつものように、央蓮は榻の高欄《こうらん》に肘《ひじ》をもたせ掛《か》け、くつろいだ姿勢で、香炉《こうろ》の煙《けむり》をぼんやり見ていた。

——いつも、って思うようになってるのね。

対等にと言いながら偉《えら》そうで、勝手で、人をからかうこともあるし、意外と子供っぽい。央蓮を人として好きかと言われれば、よく分からない。でも央蓮といる時は、彩琳はここに来る前の姫家の娘《むすめ》である自分や、蘇司山への憎《にく》しみと復讐心を持つ自分を隠《かく》さなくて済む。そのままでいても構わないのだ。側の椅子《いす》に腰かけて、お茶を飲む央蓮をそっと眺《なが》める。

中々言葉にできないが、彩琳にこうして可能性を与《あた》えてくれていることを、感謝している。

翌日、教坊《きょうぼう》を訪ねてきたのは、丸い体形と口髭《くちひげ》の人の好《よ》さそうに見える官吏と、やつれた老官吏だった。教坊の一室で、槇槇と一緒に官吏を迎《むか》えた。

やつれた官吏は彩琳が花を飾った壺《つぼ》を見ていた。これから宴席の話をするのに部屋が殺風景なままではと、花を飾り、香《かお》りのきつくない香《こう》を焚《た》いた。

みな席につき、宴についての話し合いが始まる。席糾がいると、先例通りの宴という訳にはいかない。それゆえ、官吏側からの要望を一度聞いて欲しいと訪ねてきたのだった。

功を労う宴席のため、九品《きゅうひん》と呼ばれる官位に合わせてきっちりと席次を決めること、胡人の官吏に食べてはならない食材があること、高官も出席することから、予算内で出来る最大限の格式と豪華《ごうか》さが欲しいことなどが伝えられた。彩琳は大酺《たいほ》や今まで手伝った宴を思い出す。

——官吏ってことは、男性だけが出席するんだし、仕事に関する宴なら、重厚《じゅうこう》な方がよさそうだわ。設《しつら》えに気を遣《つか》える屋内の方がよさそうね。

やつれた老官吏の方は、何も話さない。太った口髭の官吏は位が高いのか、先程《さきほど》から老官吏をいないもののように扱《あつか》う。

大体話が終わったところで、先程まで槇槇に向かって話していた口髭の官吏が、彩琳を見て優しくほほ笑《え》んだ。

「先だっての宴席については評判を聞いていますよ。楽宮は、歌舞《かぶ》や技芸を修めるだけの者だと思っていましたが、寵姫のようなことのできる人間もいるのかと驚きました」

官吏は、口髭を撫《な》でながらにこにこと笑っている。

「央蓮王子のお側《そば》に侍《はべ》るだけでなく、こうして働く能があるのは、楽宮でありながら見上げたことです。これからも王子によくお仕えしなさい」

褒めている、のだろう。きっとこの官吏は、本当に一つの悪意も無く、彩琳を褒め、励《はげ》ましているのだと思う。

「側に女性を置くのは、部屋に花を置くのと同じで、心の慰《なぐさ》めになるものですからなぁ」

ただこの官吏は、楽宮で女である彩琳を、端《はな》から低いものだとみなしている。楽宮は技芸を修めるだけの者で、女は花瓶《かびん》に投げ入れられた花のように男の心を慰めるものでしかないのだ。この人が褒めれば褒めるほど、無意識に発している侮蔑《ぶべつ》が彩琳の心にべたりと貼《は》り付く。初めての感覚が嫌《いや》で、不愉快《ふゆかい》なのに、どうしていいかわからない。

官吏は優しそうな笑顔で、更《さら》に言葉を紡《つむ》ぐ。

「いやぁ、話しすぎました。監察を仕事としていると、罪人の顔ばかり見ているもので。ああした者はやはり、一見しただけでも普通《ふつう》の者とは違いますゆえ、楽宮と話すと気が晴れます」

ざあっ、と皮膚《ひふ》を走る感覚があった。血の流れか、総毛立っているのか、よく分からない。体の表面がひりついて、耳の奥で金属質な音が唸《うな》る。

表情を失った彩琳に、老官吏は気づいた様子だったが、口髭の官吏はまだ笑顔で話している。その善良そうな顔と、吐《は》かれる言葉が、頭の中でかみ合わずねじれていく。

「こうして多少なりとも思慮《しりょ》のある楽宮であれば、王子に対し不相応に振《ふ》る舞《ま》うことも……」

ガチャン、と音がした。槇槇が落とした茶碗《ちゃわん》が、床《ゆか》の上で割れていた。少し間をあけてから、槇槇がやたらと大きな声を出した。

「うわああ！　失礼しました！　あぁ、お茶はかかっていませんか!?　破片《はへん》で怪我《けが》をしたら大変です。お話も済んだようですし、今日はもうお引き取りください！　靴《くつ》が汚《よご》れますし」

そう言いながら、官吏を外へと促《うなが》した。口髭の官吏は槇槇の粗相《そそう》を咎《とが》めるように睨《にら》み、さっさと立ち上がる。

彩琳は跪《ひざまず》いて、こぼれた茶を手巾《しゅきん》で拭《ぬぐ》った。今は誰《だれ》にも、顔を見られたくなかった。ずっと黙《だま》っていた老官吏は、彩琳の側に屈《かが》むと、骨ばった指で割れ物を拾った。彩琳は一度目を固く閉じてから、動かない顔になんとか穏《おだ》やかな表情を浮《う》かべようとする。

老官吏が割れた茶碗を拾うのを見て、槇槇は驚き、口髭の官吏は老官吏に気遣うような視線を向けた。

「王殿《おうどの》、元の身分が低いあなたにはわからないかもしれないが、官吏がそのようなことをするものではありませんよ。楽宮に任せるべきことです」

彩琳が「わたしがします」と言っても、王と呼ばれた老官吏は、黙って茶碗の破片を拾った。

「先に出ますぞ」

口髭の官吏が外に出ると、王という官吏は、震えるため息をついた。

「ひどい無礼をしました」

老官吏の顔には、怒《いか》りと苦しさと、恥《は》じ入る表情が混じっていた。

「きれいな花と、おいしいお茶をありがとうございました。貴方《あなた》の宴《うたげ》を楽しみにしています」

「……ありがとうございます。精一杯《せいいっぱい》務めます」

何とかそんな言葉を口に出すと、老官吏は、膝《ひざ》をついたまま頭を下げた。

「井殿《どの》も、楽宮殿も、申し訳ありません」

「いえ！　謝るのはこちらです！　粗相をしてすみません、それに片付けまで……」

槇槇が老官吏を立ちあがらせた。膝をかばうように立った老官吏の表情はまだ暗い。

「楽宮殿をこれ以上傷つけぬためにしたことでしょう」

そう言われ、槇槇は答えられないというように俯《うつむ》いた。そうだと言えば、口髭の官吏を無礼だと思ったと明言するようなものだ。槇槇はただ深い礼をして、老官吏も部屋を出た。

槇槇がそっと戸を閉めた。ひどく心配そうな顔だった。

「彩琳、大丈夫《だいじょうぶ》……？」

尋《たず》ねられて、笑顔を作る。

「槇槇、ありがとう」

意外なほど、明るい声が出せた。顔も、さっきとは違《ちが》って勝手に動かせる。

「ごめん、もっと早く止められたら良かったんだけど……」

彩琳は首を横に振る。粗相を演じて彩琳をかばってくれた槇槇に、謝られることなどない。

――央蓮は、わたしを対等に扱ってないって思ってた。

央蓮が居《い》丈高《たけだか》なのは事実なので、あれを対等というつもりはないが、少なくとも、央蓮は平等だった。彩琳にも、槇槇にも、春雲王女にはもう少し丁寧《ていねい》な物言いだったが、態度は変わらない。同じ人間として扱われて来た。

あの官吏《かんり》の方が、きっと普通なのだ。

胸の中に生まれた、大きく、重い、真っ黒ななにかから、意識を逸《そ》らせない。それなのに、普《ふ》段《だん》みたいに振る舞えるのが不思議だった。笑えるだけじゃない。いつもみたいに、軽い調子で腹を立てることも出来た。なんだかおかしな感覚だった。

「あの言い方はないわよね⁉　楽宮が歌舞や技芸を修めるだけだなんて、みんながどれだけ修練してあれだけのことを身につけたと思ってるのよ！」

槇槇が、割れた茶碗を反古《ほご》紙で包む。

「もう一人の人は、いい人だったね」

そうねと笑顔で頷《うなず》いた。御史台《ぎょしだい》にも色んな人がいると、彩琳もわかってはいるのだ。

この黒い何かは何だろう、絶望だろうか、憎悪《ぞうお》だろうか。

罪人は、一見しただけで普通の者とは違う。あの官吏はそう言った。

父が普通の人とどう違っただろう。罪人だと頭から決めつける曇《くも》った目が、人の印象を歪《ゆが》めているのではないのか。

蘇司山に、御史台に、父が殺された。その事実の輪郭《りんかく》が、鮮明《せんめい》になった気がした。

「……彩琳？」

槙槙が目を擦《こす》って彩琳をじっと見る。ドキッとして彩琳は怒《おこ》った顔をつくった。

「わたし、こうなったら誰にも文句言わせない、完璧《かんぺき》な宴を作ってやるわ！」

槙槙が目を凝《こ》らした後で、ほっとしたように頷いた。

一瞬《いっしゅん》でも、槙槙の目には映ったのだろうか。彩琳の持つ真っ黒な感情が。


義宵との約束はないのに宮城へと来たのは、珍《めず》しい誘《さそ》いを受けたからだった。宴のような正式の場ではないので、輿《こし》ではなく馬を使い、今は敷地《しきち》内を歩いている。

『陛下に献上《けんじょう》された奇岩《きがん》が見事だというから、庭に一緒《いっしょ》に見に行かないか』

そう文《ふみ》を寄越《よこ》したのは、揚安だった。待ち合わせた庭は、前回の宴の場とは違う、広大な庭の一角だ。ぼこぼこと穴の開いた岩を前に立つと、自然とは不思議なものだという素直《すなお》な感想が浮かぶ。角度を変えて眺《なが》めていると、央蓮を呼ぶ声がした。

振り返ると、揚安が小走りに駆《か》けて来る。長く走ったわけではないだろうが、小太りな揚安は息を上げ、額に汗《あせ》を浮かべていた。

「呼び出してすまないね。……これが奇岩か」

切れた息を整える間に岩を眺め、少し息が落ち着くと、央蓮を見た。

「こういうのは、さっぱりわからない」

「……先日の宴で、何か不備がありましたか」

奇岩が口実なのはわかっていたのでそう尋ねてみたが、揚安は笑って手巾で額を拭う。

「春雲はあれから大はしゃぎだよ。何度もあの日の話をする。……央蓮殿《どの》の寵姫《ちょうき》を見て安心した。術を使うなんて噂《うわさ》もあったし、央蓮殿が寵姫に便宜《べんぎ》を図《はか》ることに、違和感《いわかん》もあったから」汗を拭った手巾で顔を扇《あお》ぎ、「央蓮殿と会うと言ったら、春雲が自分も行くと言ってきかなくてね、遅《おく》れてすまない」と軽く頭を下げた。

「彩琳殿と言ったかな。ああいう姫と一緒になれたらきっと安心だろうね」

そんな言葉に、会釈《えしゃく》のような頷きを返す。文でも済みそうなことを言うために、興味もない奇岩の前に呼び出したのだろうか。

「娘《むすめ》を喜ばせてくれたお礼をしたくてね」

「春雲殿が喜んだならそれで充分《じゅうぶん》。宴を寵姫に差配させるという無理を言ったのはこちらです」

「うん、だから礼と言っても、そんなに大したものじゃない」

揚安は、岩に開いた穴を覗《のぞ》きこみ、本当に何でもないことのように言った。

「中書侍郎《じろう》が擁立《ようりつ》するとしたら、後ろ盾《だて》の全くない王子だろうね」

身を屈めて岩を眺める揚安に、央蓮は視線を向けた。それはそうだろう。蘇司山が権勢を振るうためには、外戚《がいせき》がうるさくない方がいい。蘇司山は元は御史台の一官吏だ。自分より位や家格の高い名門貴族に、頭を押さえつけられるのは、望むところではないだろう。

「しかし、そんな王子はいないでしょう」

央蓮の兄弟に、有力貴族と関《かか》わりを持たない者はいない。その中で一番外戚の位が低いのが、義宵との話に出た王子なのだ。揚安は身を起こすと、屈んでいて疲《つか》れたらしい腰《こし》をさする。

「いるんだ」

揚安が央蓮を見た。普段の人の好《い》い父親の顔ではなく、深慮《しんりょ》を感じる目をしていた。

「央蓮殿の兄弟ではない。言えるのはここまでだ。僕は守る必要のあるものが多いからね」

手巾でもう一度顔をごしごしと拭う。揚安の表情は、見慣れたものに戻《もど》っていた。

「多紫も春雲もあの子を気に入ったようだから、妻に迎《むか》えたら一緒に遊びにおいで」

央蓮は、揚安に膝をついて礼をした。わずかに笑って揚安も礼を返し、ゆったりと歩き去る。

その背中を見ながら、央蓮は驚《おどろ》いていた。

——大したものじゃないだと？

存在することしか伝えられないからそう言ったのだろうが、この情報は大きい。誰《だれ》かの落胤《らくいん》でもいたか、継承《けいしょう》争いで死んだと思われた王族が逃《に》げ延《の》びていたか。何より、蘇司山が王子の擁立を目論《もくろ》み、それを央蓮が探《さぐ》っていたことを、揚安が摑《つか》んでいたことに驚いた。

——この煌の王族という立場を、生き抜《ぬ》いてきた方ということか。

まだ遠くに見える揚安の背に、央蓮はもう一度拱手《きょうしゅ》して、自分も帰路についた。

あの大酺《たいほ》で、央蓮はただの間諜《かんちょう》を見つけたつもりだった。だが、その楽宮が喜花坊《きかぼう》に来た時期と年齢《ねんれい》が、捜《さが》していた姫家の娘と重なった時、巡《めぐ》り合わせを感じずにはいられなかった。

彩琳を妻に。先ほど言われた言葉を思い返す。本人には、天地が覆《くつがえ》らぬ限りあり得ぬと、一度言ったことがある。

あの宴で天地が覆ったというのはさすがに冗談《じょうだん》だったが、彩琳を娶《めと》る可能性は考えていた。

——姫瑾秀の死は、おかしなことばかりだ。

皇帝《こうてい》の殺害を計画する謀大逆《ぼうたいぎゃく》は大罪だ。しかし、家族も連座となるのは、更《さら》に重い大逆の時だ。その謀大逆にしても、呪殺《じゅさつ》という実証しがたい理由で捕《つか》まえられている。叩《たた》けば埃《ほこり》が出るのは必至だろう。央蓮も調べは進めているが、行き詰《づ》まったら彩琳を娶る気でいた。

彩琳を本当に妻として迎えるわけではない。ただ、娶りたいと言えば、王族の私生活を司《つかさど》る宦官《かんがん》が、妃《きさき》に相応《ふさわ》しいかを調べる。すぐに父が蘇司山に誅《ちゅう》された罪人であることはわかるだろう。その時に、信じがたいので本当に罪を犯《おか》したか一応調べてくれと言えば良い。

──蘇司山の息がかかっていない場所から、姫瑾秀の死について今一度調べられる。

蘇司山が皇帝に気に入られているのは、常に陛下の側《そば》近くにいる宦官からしても不快だろう。向こうも瑾秀の死の不審《ふしん》さに気づけば、喜んで調べるはず。

その後は、やはり疑いの残る者はふさわしくないと、彩琳を諦《あきら》めて見せればいいだけだ。

──だが、もし、

もし彩琳が楽宮よりも安らかな暮らしを望むなら、自分の下《もと》に身を寄せさせても構わない。子が出来ては面倒《めんどう》な相手であることに変わりはないので、手を付けることはないだろうが、側室の一人として静かな暮らしを与《あた》えて、たまに茶を飲みに行くのは悪くないかもしれない。

宦官に貸しを作らずに済むならそれが一番いい、これはただの空想に過ぎないがと、なぜか言い訳でもするように、胸のうちで呟《つぶや》いた。

宮城の外に近づくと、各省の建物が増えていく。官吏の中に見たくない顔を見つけて、央蓮は立ち止まった。向こうも気づかぬふりをして立ち去ればいいものを、いつもの貼《は》り付けた笑《え》みを深くして、蘇司山が近づいてくる。

「央蓮様におかれましては、ご機《き》嫌《げん》麗《うるわ》しゅう。宮城の中でお会いするとは珍しいことですね」

「……王族が、宮城の中にいてはおかしいか」

蘇司山は大げさに首を横に振《ふ》って否定する。

「いいえ、むしろ喜ばしいことにございます。央蓮様はこのところ喜花坊に伺《うかが》われることが多いと聞きました故《ゆえ》。高貴な方が訪《おとず》れるのに、あそこはふさわしいとは言えません」

聞き飽《あ》きた。蘇司山以外の者にも、散々楽宮を寵姫としたことを咎《とが》められている。

「自分の立場はわかっている。心配は無用」

そう受け流す。不快ではあったが、蘇司山に何か言い返せば向こうの思う壺《つぼ》だ。

「しかし、あまりに寵深く、特別な便宜を図っている御様子《ごようす》。恐《おそ》れながら、央蓮様にはもっとふさわしいお相手がおられるかと存じます」

蘇司山は、利害をひどく気にするが、嫌《いや》みを言うのを楽しむ男ではない。央蓮に入れあげる相手がいると知っているぞと、釘《くぎ》を刺《さ》し、反応を確認《かくにん》しているだけだ。

——気に入っている遊び相手程度に思わせるのが一番いい。

利用し合っている仲と知られるのは論外だが、あまりに寵が深いと思えば、蘇司山は彩琳を利用しようと思うかもしれない。それで彩琳について探られてはかなわない。

「蘇侍郎《じろう》の言うことはわかる。私も、これは若い間のこととわかった上での相手だ」

「これは差し出がましいことを申し上げました。央蓮様が間違《まちが》いを犯すわけはないというのに」

適当な顔を作って頷《うなず》いた。彩琳は、蘇司山を追いやるまで手を組むだけの間柄《あいだがら》だ。それが済めば、後は皇帝になった時に蓮花楽人《れんかがくじん》にする以外、関わることもなくなるだろう。反応を確かめたがっているだけだ。何を言われても、受け流しておけばいい。

蘇司山が、にぃ、と不気味に笑った。

「暇《ひま》をつぶす他《ほか》、価値もありませんからね、あのような下賤《げせん》な者は。ですが、あまりに情をかけては、いずれ不相応な振る舞《ま》いを始めますよ。あれらの性根《しょうね》は誠《まこと》に醜《みにく》く卑《いや》しい」

——受け流しておけばいい。

そう自分に言い聞かせる前に、手が蘇司山の胸倉《むなぐら》を摑んでいた。胸の底から怒《いか》りが沸《わ》き上がる。蘇司山を睨《にら》みつけているのに、相手の顔が目に入らない。自分の中の真っ赤な怒りしか、今は知覚できない。獣《けもの》が唸《うな》るような低い声が、自分の喉《のど》から響《ひび》いた。

「二度と、私の寵姫をそのような言葉で汚《けが》すな」

蘇司山を突《つ》き飛ばし、背を向けた。後ろからわざとらしい声の謝罪が聞こえる。

今は自分の怒り以外何もわからない。何故《なぜ》、彩琳を貶《おとし》められてこれ程《ほど》の怒りを感じるのかさえ、今の央蓮にはわかっていなかった。

外からは、パラパラと雨音が響いている。

教坊の空き部屋で、彩琳はあまり感情のこもらない声で次の宴《うたげ》について泰波に話してくれた。

感情がこもらない、というより、自分の気持ちを隠《かく》しているみたいだった。

「すごいじゃないか、大きな仕事だろう？　この前の宴に出た楽宮からとってもいい出来だったって聞いたよ。だから大きな仕事を任せられたんだ」

彩琳が、笑顔を見せた。寂《さび》しそうで、どこか頼《たよ》りない笑みだった。

「……そうね。頑張《がんば》らなきゃいけないのは、自分でもわかってるの。大きい仕事だし。でも、楽宮って、官吏《かんり》からあんな風に見られてるのね」

そう言って予算や先例の記録を見つめる。今日は、槇槇は普段《ふだん》の勤めのために部屋にはおらず、令霞も宴の手伝いの仕事が入って坊を出ている。

――気を付けろって、言ったのに。

静かな雨の中で、自分と部屋に二人きりだというのを、彩琳はあまり深く考えていない。

「でも、そんな人ばっかりじゃないんだし、不満ばっかり言ってもしょうがないわね。央蓮様のおかげでこの仕事が貰《もら》えたんだから」

そう言って先程より明るくほほ笑んだ。そんな彩琳の笑顔を見て、何故だかつまらなくなる。

泰波と出会う前から、彩琳は央蓮の寵姫《ちょうき》だ。それでも、自分の前でそれをあからさまに示されるのが、あまり面白《おもしろ》くない。

「元の身分が高いと余計辛《つら》いかもしれないね。彩琳は貴族だろう？」

彩琳の元の身分は見当がついていたので、慰《なぐさ》めるつもりで言ったのだが、彩琳は首を振る。

「そうだけど、それは別にいいの。わたしの母上はね、妓女《ぎじょ》だったのよ。歌がうまくて、父上の琴《きん》でよく歌ってた。……貴族でも、女は字を覚えなくていいって人、結構いるの。わたしの親戚《しんせき》たちもそうだった。でも、母上は、絶対に覚えなさいって。『詩や物語に、どれだけ救われたかわからない、形のある物はなくなることもあるけど、詩や歌や音楽は、消えた後でも何度でも自分を救ってくれるのよ』って、言ってたわ。わたしも、そう思ってる。だから、楽宮の仕事をあんな風に、人に見下されるの、すごく嫌だった」

「ご両親のこと、好きだったんだね」

俯《うつむ》いて、寂しそうに頷く。歩揺《ほよう》がちりんと鳴った。

「父上は死んでしまったし、母上は、年齢的に教坊には入れられなかったみたい。どこにいるかも教えてもらえなかった。きっと、もう会えないわね」

驚《おどろ》いていた。彩琳の母の話を聞いて、彩琳と自分が、似ていると思った。

「それは……寂しいね」

「うん、寂しい。でも、母上がどこかで生きていてくれるならいいの。もう会えなくても、生きていてくれるなら、いい」

この子の声はきれいだ。音としてだけじゃない。澄《す》んだ声の響きは、言葉よりも多くのことを、泰波に伝える。寂しさや、苦しさ、そして、

——なにかの、秘密。

雨の音が強くなった。うるさいくらいなのに、この部屋の中は、却《かえ》って静かに感じられて、泰波は誰《だれ》にも打ち明けたことがないことを口にした。

「俺の母さんは、琵琶《びわ》の巧《うま》い胡姫《こき》でね、俺と一緒《いっしょ》にいると共倒《ともだお》れになるからって言って、一人でどこかに逃《に》げたよ。俺の命を守るには、その方が見込みが高かったから、別に、ただ見捨てて逃げたわけじゃないのはわかってる。……でも、俺はそんな風に思えない」

生きてさえいればいいと頭では思うが、彩琳から感じた、願うような想《おも》いは、自分にはない。

「……俺も、自分と母さんが生きてるだけでいいと思わないとね」

「泰波」

珍《めずら》しく、窘《たしな》めるような声だった。彩琳が、泰波の目を見つめていた。

「辛いとか悲しいとか、そういうものって、きっと人によって形も大きさも違《ちが》うわ。だから、あなたが辛いことを、人と比べて辛くないなんて思わなくていいのよ」

彩琳から、目を逸《そ》らした。見ていられなかった。彩琳に、何か特別な気持ちを、柄《がら》にもない想いを、持ってしまいそうで。

「ごめんなさい。偉《えら》そうなこと言ったわね。……というか、わたしがそう思いたいの。わたしの家族よりも辛い思いをした人も、きっと世の中にはたくさんいるわ。でも、だからって家族に、父上に起きたことを、悲しくないって思っちゃうのが、わたしは嫌だったの」

泰波は、床《ゆか》を見つめて頷いた。彩琳が、いつも自分の隣《となり》にいたら、きっといいだろうなと思った。

いつも幽霊《ゆうれい》のように、誰の目にもつかずに暮らしていた泰波を、彩琳はあの日見つけてくれた。ずっと一人で弾《ひ》き続けてきた琵琶に、返事をくれた。

そんな彩琳が、今日はひどく頼りなく、弱く見える。

彩琳の寂しさに、触《ふ》れてみたかった。言葉と、声の奥に隠している彩琳の秘密を、この手で撫《な》でてみたかった。

——嫌だな。

人と近づくのは、嫌だ。泰波の大切な人は、泰波のためだと言って自分の許《もと》から離《はな》れていく。彩琳も、これ以上近づいたら、自分の側《そば》から去るだろう。

彩琳は、王子の寵姫なのだ。

もし自分と似た気持ちを持ってくれたとしても、その立場がある以上、この子は去る。

「彩琳、ありがとう。……俺、前みたいなことでよければ手伝うよ」

作り慣れた笑顔《えがお》を彩琳に向ける。

「ありがとう。とりあえず、どんな宴にするか大枠《おおわく》だけでも考えなくちゃ」

その目はわずかに輝《かがや》きを取り戻《もど》した。辛い思いをしても、彩琳はやはりこの仕事が好きなのだろうと思った。本人は、そのことに気づいていないかもしれない。

熱心に記録を見つめる彩琳の横顔を、盗《ぬす》むように見つめた。

どうして、ただの興味でとどめておけなかったのだろう。側でちょっかいをかけるだけで、満足できればよかったのに。

――俺は何かを望める立場じゃないだろう。

幼い頃《ころ》から幾度《いくど》となく言い聞かせてきた言葉を、また繰《く》り返す。

生きているだけましだ。

――でも、あの日救われなかった自分がいる。

もし、あの日母が手を引いて自分を共に連れて行ってくれたら、その後すぐに命を失くしたとしても、心は救われたんじゃないだろうか。

こんな馬鹿《ばか》なことは、今自分に命があるから言えることだ。死ぬよりも、生きてる方がましに決まっている。

彩琳の傍《かたわ》らで、予算の割《わ》り振《ふ》りや官の宴の決め事を教えてやる。素直《すなお》に喜ぶ彩琳を、あまり目に入れないようにした。

読み終わって帰るころには、雨が更《さら》に強くなっていた。

「ひどい雨ね……」

帰るのも躊躇《ためら》う雨の中、槇槇が部屋に顔を出した。

「よかった、まだいた。雨がひどいから、おれの傘《かさ》貸すよ。一本だけだから、泰波が送ってあげて」

「槙槙が濡《ぬ》れちゃうわ」

「大丈夫《だいじょうぶ》。武官の知り合いが笠《かさ》貸してくれたから、おれはそれ被《かぶ》って帰るよ」

礼を言って、槙槙に借りた傘に二人で入った。

見ないようにと意識しても、今度は同じ傘のうちを歩く彼女の小ささや、合わせた歩調に彩琳を想った。

ほとんど喋《しゃべ》らずに彼女を家の前まで送り届け、来た道を戻ると、傘を差した男とすれ違う。

この時間に彩琳の家の方へと歩いて行く男など、一人しか思い浮《う》かばない。

——王子だ。

振り返ると、けぶる雨の先に立つ王子が、彩琳の家の戸口を叩《たた》く。扉《とびら》はすぐに開いて、家から漏《も》れる灯《あか》りの中で、彩琳が王子にほほ笑みかけていた。

焼け付くような思いがした。

冷たい雨の中、傘が落とす暗い影《かげ》の中にいる自分と、温かい光の中であの優《やさ》しい子に迎《むか》えられる王子と、何がこんなにも違うのか。

——狡《ずる》い。

そう思った瞬間《しゅんかん》、

『あなたの望みを、全《すべ》て叶《かな》えて差し上げます』

そんなうそ寒い声を思い出した。ひどく嫌《いや》な響《ひび》きをした声だったのに、その声は暗い雨の中を歩く泰波の耳の中にずっと残り続けた。


央蓮は、老女の前ではいつも通り笑顔を見せていたが、彩琳には不機嫌《ふきげん》なのが分かった。周りの空気が、小さな雷《かみなり》でも含《ふく》んでいるようにピリピリしている。

二人で部屋に入るといつもの榻《とう》にどっかりと腰《こし》を下ろし、腕《うで》を組んで黙《だま》り込んでいる。

こちらからは何も聞かずに、央蓮の好きなあの茶を淹《い》れて、そっと茶碗《ちゃわん》を手《て》渡《わた》した。わずかに触れた指先は、雨の中を歩いてきたせいで互《たが》いにまだ冷えている。

「……昨日、蘇司山に会った」

それだけ言って、呷《あお》るように茶を飲みほした。

「もう一杯《いっぱい》飲む？」

頷《うなず》きが返ってきて、茶碗を渡《わた》される。器《うつわ》に温かいお茶を満たすと、央蓮に手渡した。

央蓮が、正面に立った彩琳を見上げる。気性《きしょう》の激しい央蓮だが、お茶を飲んで多少落ち着いたのか、彩琳の目を見ると少しだけ表情を緩《ゆる》めた。まだ普《ふ》通《つう》の人と比べたら、充分《じゅうぶん》すぎるほど機嫌は悪いのだが。

「彩琳、隣に座れ」

央蓮が彩琳の手首をゆるく摑《つか》み、榻に座るよう促《うなが》す。

「どうしたのよ、急に」

立ったままの彩琳に、央蓮が口元を曲げる。今までの不機嫌さとは違う、拗《す》ねたような表情だった。

「前はよく座っただろう」

軽く手首を引かれた。確かに、部屋に人が入ってきた時のために同じ榻に座ることが多かったが、最近は減っていた。

以前より、央蓮と親しくなったのだと思う。だから、取り繕《つくろ》うために無理に近くに居ようと思わなくなっていて、結果距離《きょり》が開いていた。

央蓮が「彩琳」と少し子供っぽい声を出して、立ったままの彩琳を見上げる。なんとなく、彩琳は央蓮のこういう表情に弱い。央蓮の隣に腰を下ろした。

座った後も央蓮はまだ、彩琳の手首をゆるく握《にぎ》っている。雨で冷えていた指先が、じんわりと温かくなってくる。央蓮は、体温が高い。

央蓮の視線が、彩琳に投げかけられる。

「……彩琳、次の宴《うたげ》は完璧《かんぺき》なものを作れ」

彩琳も、引き受けたからにはそのつもりだった。

「官吏《かんり》の多くは楽宮を低く見ている。罪科によってここに来る者も確かにいる。制度の中の身分は低い。だがあのような態度は我慢《がまん》ならない。煌の民《たみ》の一人であるだけではない、楽宮たちは国のために働く臣たちだ。それを身下し嘲《あざけ》るなど、この国の官のすることではない」

見慣れた鋭《するど》い目をじっと見た。央蓮が、自分と同じことを嫌だと思ってくれている。

「次の宴を完璧にやり遂《と》げてくれ。官たちの楽宮に対する意識を変える好機だ。……正道ではないが、私の権力の庇護《ひご》下にある寵姫《ちょうき》だからこそ上に声が届くこともある」

勢いよく頷いた。

「絶対ほえ面《づら》かかせてやるわ」

そう言うと、央蓮は今日初めて、作り顔でない笑みを見せた。

「彩琳は、意外と口が悪いな」

彩琳も一緒《いっしょ》に笑った。それを見た央蓮がなぜか目を瞠《みは》る。彼の指先が近づく。それが頬《ほお》に触《ふ》れて初めて、彩琳は目から涙《なみだ》が零《こぼ》れたことに気づいた。

央蓮はそっと、彩琳を自分の胸に引き寄せた。

「御史《ぎょし》台《だい》の官吏と会って、辛《つら》かったか」

しばらく央蓮の胸で涙をこらえていたが、彩琳は小さく頷いた。嗚咽《おえつ》が漏れた。

「次の宴が終わるまで、耐《た》えてくれ。……彩琳のおかげで、大きな情報を得ることが出来た。私は必ず、お前に報《むく》いる。蘇司山を追いやり、姫瑾秀の名誉《めいよ》を回復しよう」

静かな言葉の後、央蓮は彩琳が泣き止《や》むまでずっと、胸に抱《だ》き寄せていた。

「どう!?」

彩琳は、両手に持った紙を胸の前で大きく広げた。

次の宴で、どんな設《しつら》えにして料理や酒はどうするか、踊《おど》りや音曲についても、きっちりと決めて書き付けたのである。出演を頼《たの》む楽宮も、すでに何人も名前が挙がっている。

彩琳は、ずいぶん元気を取り戻《もど》していた。官吏を完璧に喜ばせることが復讐《ふくしゅう》なのだと割り切れた、という方が正しいかもしれない。


「武官の人たちには、雑技も人気があるらしいの」

雑技には、縄伎《じょうぎ》と呼ばれる綱渡《つなわた》りに軽業《かるわざ》、熟練者では五つもの玉を使いお手玉をする跳丸《ちょうがん》、それを剣《けん》に変えた弄剣《ろうけん》という危険なものなど、様々な芸がある。身体《しんたい》的な技術に特化した技芸だ。歌舞音曲《かぶおんぎょく》をする楽宮は女性の方が多いが、雑技の楽宮は圧倒《あっとう》的に男性が多い。

雑技の人気については、喜花坊《きかぼう》勤めの武官に聞いて調べた。

「今まで雑技は独立して見せてたけど、軽業や跳丸を、舞楽《ぶがく》と組み合わせたらどうかしら?」

泰波は片方の眉《まゆ》を上げた。

「難しいよ。周りで踊ったり、奏者を側《そば》に置くのは制限がある。雑技は周りと距離がないと出来ないものもあるし、組み合わせても音楽ときっちり合わない」

令霞は几《つくえ》の上に伏《ふ》せるようにして話を聞いていた。

「……音に合わせるのって難しいの？」

「普通はそうね。令霞には何でもないことかもしれないけど……」

雑技には集中力が必要なのはわかっている。ただ、やはり完璧にやり遂げたと言われるためには新しいこともしなければならない。

「だから今回は、稽古《けいこ》をたくさんしたいの」

それで最初に綿密な計画を立てた。紙を几の上に広げ、自分でももう一度眺《なが》める。

「演目ごとに別々な感じにするより、設えも内容にも統一感を出したくて」

これは宴席《えんせき》全体の完成度のためだけではない。武官と文官というのは、中々難しい関係らしい。酒食の中身、演目の順序や内容でどちらかを重んじていると思われないよう、宴席全体を一つの演目として捉《とら》えられるようにしたかった。

初夏を前に、出来るだけ躍動《やくどう》感を感じる内容を、ただ、そこで文官たちへの配慮《はいりょ》を忘れないよう、色々と考えて出した結論があった。

「宴は、この詩をもとにするつもり」

あざやかな夏の景色をうたい、旅を経て友と酒を酌《く》み交《か》わす。広がる山河の雄大《ゆうだい》な景色の中に、虫の声や友との語らいが賑《にぎ》やかさを出している美しい詩だった。

文官たちにとって、詩文は必ず修めていると言ってもいい教養である。この詩を宴席で表現出来たら、きっと喜ばせられるはずだ。

令霞は詩を読んでから、目を伏せて想像した景色に口元を緩める。楨楨も詩文を眺めていた。

「きれいだねぇ。賑やかな感じを、踊りとか雑技で出すの？」

「うん。仲良く過ごしてる感じの詩だし、これを軸《じく》にしておいたら、文官と武官、両方を饗応《きょうおう》しやすいかと思って」

泰波は詩文を読んで「いいと思う」と頷いた。

「踊りは群舞《ぐんぶ》にするんだね。俺もその方がいいとは思うけど、雑技と合わせたりを考えると、稽古はとにかくたくさん必要になる」

彩琳は頷く。群舞の方が華《はな》やかで、きっちりと賓客《ひんきゃく》たちを饗応する意思が伝わりやすい。

「ただ、問題が一つだけあるの……」

絶対に使いたいが、何なのかわからないものがある。泰波が困った顔で紙の一点を指した。

「これだよね？　そもそもこの辺りで手に入るのかな……」

旅先から持ち帰ったという香《こう》の香《かお》りが詠われているが、白く艶《つや》があり丸い香、と書かれている。これがよく分からない。白い木か何かを蜜《みつ》で練って作るのだろうか。

令霞が、不思議そうな顔をした。

「これってたぶん乳香《にゅうこう》でしょ？　そんなに珍《めずら》しいの？」

全員が驚《おどろ》いて、令霞を見つめた。


宴席以外の理由で喜花坊の塀《へい》の外に出るのは、初めてだった。

なんだかドキドキする。槇槇は門で彩琳と令霞の外出許可を取り付けていた。

「わたし、他《ほか》の坊に行くの初めて」

「あたしは、昔はたくさん行ったよ」

令霞は抱《かか》えていた布を彩琳に渡《わた》した。

「羽織って」

短めの外套《がいとう》だった。風よけなのか頭に被《かぶ》る部分もついていて、背中に大きな刺繍《ししゅう》がある。

「今日は暖かいけど……」

「羽織って！」

着せかけられて、彩琳は渋々《しぶしぶ》外套を羽織る。令霞は帽子《ぼうし》の部分も目深《まぶか》に被っていた。

「二人とも、もう出られるよ。……どうしたの、それ」

手続きを終えた槇槇は外套を羽織った二人を見て首を傾《かし》げた。

「ごめんね、槇槇の分はないの」

そう謝った令霞に「別にいいけど……」と言って、三人は喜花坊の門を出た。

喜花坊を一歩出るだけで、別の場所、という気がする。宴席の仕事で貴族の家や宮城の中へと行くこともあるが、今日は目的が違《ちが》うせいか一層そう感じた。

賑やかで人通りが多く、異国の服装の人もちらほらと見かける。目移りしながら道を歩く。直角に交差する道を、西に五つ、北に一つ行ったところに目的の坊はあった。喜花坊と違って開かれた門を、人々が自由に出入りしている。

「ここ……?」

槇槇と令霞が頷《うなず》いた。目的地である利景《りけい》坊の門をくぐった。

――すごい。

利景坊は、胡人が特に多い坊だ。元より久寧の都に異国人は多いが、この坊に入ると煌人の方が少なくなる。騒《さわ》がしい坊内をきょろきょろと見回すと、肌《はだ》や髪《かみ》の色だけでなく、服装も様々だ。布のゆったりした服を纏《まと》った男性や、髪を布で覆《おお》った女性が歩いている。茶楼《さろう》も椅子《いす》や卓《たく》が異国風だ。人の間を縫《ぬ》って歩いていると、大きな駱駝《らくだ》が彩琳たちを追い越《こ》して、彩琳は思わず令霞の袖《そで》を掴《つか》む。駱駝を怖《こわ》がる彩琳に、令霞は「大丈夫《だいじょうぶ》だよ」と笑った。

胡服姿の女性が歩くのを、彩琳は目で追った。

「かわいい」

男の人と同じ形の服だ。幞頭《ぼくとう》を被って完全に男装する女性もいるが、男女兼用《けんよう》のものもある。ゆったりしていて、女性らしく結《ゆ》った髪に合わせてもかわいい。

「彩琳も着たらいいのに」

そうなのだが、央蓮の寵姫《ちょうき》という立場上、女性らしく着飾《きかざ》った方がいいような気がして、彩琳は胡服を着たことがない。

袖を引いて「こっち」と言い、令霞は臆《おく》することなく、ずんずん先へと歩いて行く。槇槇と彩琳の方が、物怖《ものお》じしていた。喜花坊よりずっとのびのびした顔で歩く令霞は、嬉《うれ》しそうだ。

ただ、令霞が進む先について行くほど、辺りは暗く、怪《あや》しげな雰囲気《ふんいき》になっていく。人通りは少なくなり、異国の言葉の方が耳に付くようになっていた。

「れ、令霞……大丈夫？」

「うん、こっちだよ。もう少し先」

彫《ほ》りが深く体の大きいいかつい男性たちが、彩琳たち三人を無遠慮《ぶえんりょ》に見ていた。肌が白く、髪が短い。羊毛の帽子を被って、髭《ひげ》を生やしていた。

「だだだ大丈夫。二人のことは、ちゃんとおれが守るからね」

震《ふる》え声で槇槇が言った。令霞は「あはは」と笑うだけで、奥へ奥へと進んでいく。

坊の奥まった場所に、その建物はあった。

——建物、って言っていいのかしら。

おそらく、木で建てた骨組みに布を張っているのだろう。天幕のような場所の前で令霞が立ち止まる。狭《せま》い入り口の奥は窺《うかが》えないが、幕の中の闇《やみ》とわずかな灯火の光だけが見て取れた。

「ここなら、乳香、いっぱいあるよ」

入り口を指さして無邪気《むじゃき》に笑う令霞だったが、初めて来た坊《ぼう》の奥の奥、小暗い一角の、中の見えない天幕に入る勇気がなかった。

そして、なぜか三人の周りにいかつい男性が集まってきて、三人は取り囲まれる。槇槇はアワアワしながらも、令霞と彩琳を自分の背後にかばう。

「こ、煌国の官吏《かんり》だ。後ろの娘《むすめ》たちはこの国に仕える楽宮。おれたちに手出しするのは国に歯向かうのと同じこと……」

精一杯《せいいっぱい》言った声は震えている。三人を囲んだ男性たちは興奮した様子で何事か異国語で言い交わしている。令霞が目深に被っていた外套の帽子を外した。

周囲の男性たちが、何かに驚いた顔をして一斉《いっせい》に拱手《きょうしゅ》した。

槇槇は急に礼をした男性たちを見て、ほっとしたような声を出す。

「官吏だって伝わったのかな……」

縮れた茶色い髭のがっしりした男性が顔を上げ、口を開いた。煌の言葉だった。

「ここでお会いできると思っていませんでした。お嬢様《じょうさま》」

槇槇と彩琳は、ぎこちなく首を捻《ねじ》って後ろを向く。令霞は嬉しそうに笑っていた。

「みんな、久しぶり」

槇槇も彩琳も惚《ほう》けたように口を開けたまま、令霞を見ていた。


小暗い天幕の中で、三人は複雑な柄《がら》の敷布《しきふ》の上に座り、茶と、小麦粉でできた薄《うす》い焼き菓子《がし》を振《ふ》る舞《ま》われていた。中には交易品らしき香辛料《こうしんりょう》の香りが漂《ただよ》い、箱や袋《ふくろ》が積み上げられている。

花模様の付けられた焼き菓子をさくっとかみ砕《くだ》く。ほんのり甘くておいしかった。

令霞は非常に嬉しそうで、お茶を飲みながらソワソワと体が動いていた。令霞の祖父と両親は隊商で移動している最中で、久寧での商《あきな》いは令霞の大叔父《おおおじ》がしているそうだ。

乳香を買いたい旨《むね》を伝えるとしばらく待つように言われ、三人だけでお茶を飲んでいた。

「……令霞、ごめんなさい。あなたの親戚《しんせき》のいるところだって知らなくて、怖がったりして」

気分を悪くしたのではないかと令霞を見ると、首を横に振った。

「このあたり、本当にあぶないの」

そう言って脱《ぬ》いだ外套を広げて、背の刺繍を指さす。

「これね、うちの隊商の印」

だから大丈夫だったんだよとにこにこしている。得意げな顔がとてもかわいい。

令霞の顔から笑《え》みが消えた。令霞の目線を追うと、槇槇が蒼白《そうはく》な顔をしていた。

令霞が不安げに彩琳の袖を引き、耳元で囁《ささや》く。

「……槇槇、怒《おこ》ってるかな。嫌《いや》だったかな」

彩琳は、槇槇を見たまま首を横に振った。こういう表情を見たのは、二度目だった。

『あの子に、おれが変なもの見えるって言わないで』

その言葉を思い出して、開きかけた口を閉じる。ここに何か、よくないものがあるらしい。

「……お待たせした」

体の大きな男性に支えられて、老人が入ってきた。やつれた様子の老人を見て、令霞の目には涙《なみだ》が浮《う》き上がり、老人の暗い目にはわずかに光が宿る。

「あぁ……久しぶりだね」

令霞は立ち上がって老人に抱《だ》き着いた。

「どうして……、具合悪いの？」

老人は令霞を落ち着かせるように一度抱き返すと、また座るよう促《うなが》した。老人は彩琳たちの向かいに腰《こし》を下ろす。

「儂《わし》は、この坊《ぼう》で煌人相手の商いをしている石博《せきはく》と申します。乳香《にゅうこう》はいかほどご入用か」

老人を支えてきた男性が、慌《あわ》てた声を出す。

「いけません。博老のお体に必要なものです」

三人に向き直り男性は頭を下げる。

「お嬢様、博老は、お嬢様が楽宮になられた少し後から病に臥《ふ》せっています。乳香が薬ともなるのは御存《ごぞん》じでしょう。西の砂漠《さばく》でしか取れぬものです。次に手に入るまで、長く待たねばなりません。できれば博老のため、今ある分は手元に残しておきたいのです」

令霞がしょんぼりと肩《かた》を落として、彩琳と槇槇を見た。

「ごめんね、あたしも博おじいさまに残しておきたい」

「えぇ、そうしたほうがいいわ」

博老は顔を上げ、咳《せ》き込んだ。

「いいや、令霞が欲しいだけ持って行きなさい。あの時何もしてやれなかったんだ、出来ることはさせてくれ」

「いらない。早く元気になって」

令霞はきっぱりと断った。槇槇は口元を押さえ、額には汗《あせ》が浮かんでいる。

「……乳香で、よくなってきていますか」

絞《しぼ》り出すような槇槇の言葉に、博老は訝《いぶか》しい顔をした。槇槇の額からぽと、と汗が落ちた。

博老の代わりに、男性が口を開く。

「いいえ。ですが、乳香を焚《た》いたり服薬している間は、博老の辛《つら》さが和《やわ》らぐので」

槇槇は悲愴《ひそう》だった表情を引き締《し》めて、拳《こぶし》を強く握《にぎ》りしめた。覚悟《かくご》するように、震える息を一つ吐《は》く。博老の、腰帯《こしおび》から下げた小さな革袋《かわぶくろ》を指さした。

「……石、博殿《どの》、その袋に、小さな……刃物《はもの》が入っていませんか」

博老と男性はぎょっとした様子で顔を見合わせた。

「えぇ、縁戚《えんせき》からもらったものが」

「おれ、は……乳香というものをよく知らないんですが、あの」

槇槇は不安そうな表情をしていたが、令霞を見て、博老に向き直る。

「薬以外に、魔除《まよ》けとしても使うのではないですか」

博老は頷いた。小袋から木製の鞘《さや》に収まった小刀を出す。鞘には精緻《せいち》な模様が刻まれている。

槇槇はそれを受け取ると、立ち上がって灯火の許《もと》に行き、迷わず火に当てて焼いた。

「何をなさるのです⁉」

男性が言っても聞かず、小さな鞘を焼き続ける。表面が焼けこげ、ついに火がついた。灯火の受け皿に投げ入れ、小刀の柄《え》も外して投げ入れる。

令霞がぎゅっと彩琳の袖《そで》を引いた。もう片方の手が指す先を見て、彩琳は息を呑《の》んだ。

博老の背から、焼けこげたような黒い煙《けむり》が出ている。

「えぇっ……⁉」

その煙が徐々《じょじょ》に薄くなると、博老がごほごほと咳き込んだ。令霞が側《そば》に寄り背中をさする。

最後に咳き込んだ口から黒い煙が出て、顔を上げた博老は、目に輝《かがや》きが出ていた。

「これ以上のことはおれは出来ないので、この刃《は》は道寺か、あなたたちの信じる神様の所にでも持って行ってください。呪《のろ》いは鞘にこもってたけど、これにも染《し》みついてるから」

槇槇が、外した刃を手巾《しゅきん》にくるみ手渡《てわた》そうとすると、男性は一歩後ずさった。男性も博老も、恐《おそ》れ、驚《おどろ》いた様子で槇槇を見ている。その視線に少しだけ傷ついた表情をして、避《さ》けるように俯《うつむ》くと、傍《かたわ》らの箱に手巾にくるんだ刃を置いて、彩琳たちに声をかけた。

「……帰ろう」

背を向けて出口へ歩き出す槇槇を、令霞は呆然《ぼうぜん》と見つめていた。立ち上がって槇槇に駆《か》け寄ると、後ろから服の背を摑《つか》んだ。

「ありがとう槇槇」

「令霞、……ごめんね、おれ、隠《かく》してて。怖《こわ》いよね」

「何で？　昨日までの槇槇と、何にも変わらないでしょ？　ありがとう、助けてくれて」

槇槇が、目を瞠《みは》った。堪《こら》えるように表情が歪《ゆが》む。じわじわと目元が赤くなって、顔を覆《おお》って膝をついた。肩を震《ふる》わせて、槇槇は静かに泣き出した。

子どものように泣き続ける槇槇の背を、令霞はずっと撫《な》でていた。

博老はすっかり体が軽くなったらしく、槇槇に詫《わ》びと礼を言い、少量の乳香を無償《むしょう》で分けてくれた。つるりとしてぼこぼこと丸く、硬《かた》いけれど石よりは柔《やわ》らかい。木を傷つけると出る樹液なのだという。

三人は、喜花坊に戻《もど》る道をゆっくり歩いていた。博老は乳香の他《ほか》に、干した果物や菓子《かし》、酒まで持たせてくれたので、みんな布にくるんだ荷物を背負ったり抱《かか》えたりしている。令霞は何かを考え込むように、少し先を歩いていた。

春は盛りを過ぎて、景色はどんどん明るく鮮《あざ》やかに変わっていく。傾《かたむ》き始めた日の色が、少しずつあたりを赤く染め始めていた。

道行く人の長い影《かげ》が行き交《か》う中で、槙槙が立ち止まった。呟《つぶや》くように口を開いた。

「令霞、おれ、きみが好きだ。……きみの周りは空気まできれいで、初めて見たとき、本当に女神《めがみ》様なんじゃないかと思った」

あんまり泣いたので、声は嗄《か》れて、目は腫《は》れている。令霞が振り返った。

「……あたしの父様ね、胡よりももっと遠くの人なの。あたしみたいに、肌《はだ》が茶色で、髪《かみ》は黒いんだ。おじいさまがやってる隊商の用心棒になったのがきっかけで、母様と結婚《けっこん》したの」

令霞の一族の隊商は、思っていた以上に規模が大きく、豪商《ごうしょう》と言っていい家系だろう。胡人の彼女にとって、煌の招聘《しょうへい》は、そこまでの拘束《こうそく》力を持たなかったのではないか。

「父様の生まれたところはね、男の人が偉《えら》くって、父親とかが、娘《むすめ》の結婚相手を決めるの」

俯いた令霞の目が、きらりと光った。涙か、西日の反射か、彩琳にはわからなかった。

「父様の親戚のえらい人が、あたしのこと、三番目の奥さんにしたいって言ったんだって。それで父様と母様に言われたの。その人と結婚するか、煌の楽宮になるか選びなさい、って」

煌の招聘を理由にしなければ、断れない相手だったのだろう。

「それであたし楽宮になったの。だってその人、父様よりも年上だったんだよ。でもね」

ごし、と令霞が袖で目元を拭《ぬぐ》った。博老が何もしてやれなかったと悔《く》いていたのは、令霞を楽宮としたことだったのだ。

「あたし、本当はどっちもいやだったの。父様と母様と旅して、商《あきな》いをして、みんなの前で踊《おど》って、そうして暮らしたかった。……博おじいさまの小刀、父様の国のに似てた。あたしが結婚しないって言ったせいで、その人が仕返ししようとしたんだったら、どうしよう」

声が震えていた。もしそうだとしても、それは令霞のせいではないはずだ。

「何で、あたしたち、生きたいように生きられないんだろう」

顔を上げた令霞の目には、もう涙は浮かんでいなかったけれど、必死に堪えていた。

「今はね、楽しいよ。彩琳に会えたし、槙槙もいい人だし。でも、来るなら自分の意志で喜花《きか》坊《ぼう》に来たかった。それで、出て行きたくなったら、自分の足で出て行きたい。今は無理でも、いつか、なんとかして、出たいの。あたし、いつか、あの隊商に帰りたい。だから……」

一緒《いっしょ》にはいられない、と続きかけた言葉を、槙槙が大きな声で遮《さえぎ》った。

「い、いつか帰る時、令霞が、もしおれでも良かったら、連れて行って……！　あの、きみの父様みたいに強くないけど、計算は出来るし、多少は役に立てると思うし」

令霞は、びっくりした顔をしていた。その目からぼろぼろ涙《なみだ》が落ちる。

「……槙槙はやさしいねぇ。槙槙は、自分が嫌《いや》な思いしたり、損するときでも、人のこと助ける方を選ぶ人なんだよね。今日みたいに」

令霞の言葉で、彩琳の目からも涙が溢《あふ》れた。令霞が夕日の中できれいに笑った。

「あたしも槙槙のこと好き」

槙槙が、蝶々《ちょうちょう》でも捕《つか》まえるように令霞をそうっと抱《だ》きしめた。令霞がぎゅっと抱き着いた。

「令霞……おれ、マキネっていうんだ。井槙根《いのまきね》」

令霞が槙槙の目を見上げる。

「あたし、石令霞は煌名でね、リハームっていうの」

二人が、彩琳の方を見た。

「「彩琳は？」」

同時に尋《たず》ねて、二人が吹《ふ》き出す。彩琳も笑った。勇気を出して、口を開いた。

「わたし、姫彩琳。父上の……連座で、楽宮になって喜花坊に来たの」

令霞が駆け寄ってきて、彩琳と手を繋《つな》いだ。

彩琳は、絶対に次の宴《うたげ》を成功させようと思った。

楽宮に対する見方を変えられれば、楽宮たちの地位を上げられる。

宴を成功させることは、彩琳が何かを得て、何かを為《な》す手段なのだ。

——復讐《ふくしゅう》も、みんなの地位を上げることも、宴を成功させれば叶《かな》えられるんだわ。

「日が沈《しず》みきる前に帰らないと」

槙槙が令霞に手を伸《の》べる。令霞を真ん中に、三人で手をつないで帰った。周りは何事かと振《ふ》り返ったけれど、彩琳は令霞の手をぎゅっと握って帰路を歩いた。

――御史《ぎょし》台《だい》の官吏《かんり》たちが、文句を言わないような宴を作ってみせるわ。

教坊の中の、稽古《けいこ》のために使う最も広い部屋の中で、合奏されていた音楽が途切《とぎ》れる。

演奏を止めさせた彩琳は、楽宮たちを見る。

「音が大呂《たいりょ》になるのに合わせて動いてほしいの。群舞《ぐんぶ》もその瞬間《しゅんかん》に一度全員止まって、中央の雑技に目がいくようにしたいから、もっと完璧《かんぺき》に揃《そろ》えてください」

大呂というのは、十二ある音律の名の一つで、この曲の盛り上がる箇所《かしょ》の音である。ここであえて踊りは止めて、雑技に注目を集めたい。

――これを完璧にやれたら、楽宮の地位を上げられるかもしれない。

泰波や彩琳のような、監視《かんし》のために置かれている楽宮は変わらないかもしれないが、今より自由に、不当に貶《おとし》められることがなくなるかもしれない。

「雑技はただでさえ集中力がいるんだ。音なんか気にしてたら、失敗するって」

軽業《かるわざ》の雑技の楽宮は、端《はな》から音に合わせようとしてくれない。

「拍板《はくばん》の音だけでも意識してほしいの。雑技自体、拍子《ひょうし》をとりながらやるんでしょう？」

「だからぁ、音楽のための拍板の音と、俺が合わせやすい拍子がそもそも違《ちが》うんだよ」

「せめて、やってみてから言って」

言い方がきつくなる。後悔《こうかい》はしたが、残された時間は多くないのだ。

「雑技と歌舞《かぶ》が一つの演目として一緒になるから意味があるの」

文官と武官が協力して仕事を為したことを労《ねぎら》う宴席《えんせき》だから、この趣向《しゅこう》を選んだ。それがみんなに理解されたと思ったからこそ、こうして完全なものを目指して稽古を重ねている。

「音まで意識しろと言うのはやめます。でも今日中に、踊りの停止する箇所と、雑技の拍《はく》だけでも合うように仕上げましょう」

楽宮たちから不満の声が漏《も》れたが、彩琳は楽器を持った楽宮たちに、演奏の合図を出した。

夕方ぎりぎりまで稽古を重ね、なんとかそこの拍だけは合うようになり、楽宮たちは解散して帰っていく。家に戻る時間だが、彩琳は教坊に残って菜譜《さいふ》を決める作業を続けていた。

ここ最近は各所を回って指示を出し続け、空いた時間は決めなければいけないことを考え、予算内でまだこだわれる場所がないかを探す。

――これでいい。間違《まちが》っていない。

文官と武官、どちらかに偏《かたよ》ることなく宴席が作れているはずだ。衣装の色や調度の意匠《いしょう》、設《しつら》えと演目との統一感もきれいに出ている。

彩琳を心配して残っていた令霞が、近くの椅子《いす》に腰《こし》を下ろす。

「ねぇ、彩琳」

資料を見たまま彩琳は生返事をした。料理の材料にも目を通し、賓客《ひんきゃく》が食べられないものなど出ていないかを調べる。

「彩琳は、本当にこういう宴がやりたいの？」

「これなら、誰《だれ》も文句言わないはずよ」

自信をもってそう言うと、令霞は「……うん」と小さな声で答えた。彩琳は顔を上げて令霞を見つめる。きっと、成功するかどうかが不安なのだと思った。

「大丈夫《だいじょうぶ》。完璧に仕上げて絶対成功させるわ。それにこれが成功したら、貴族や官吏の楽宮たちに対する見る目も変えられるかもしれない」

そう勇気づけても、令霞はずっと不安そうな顔をしていた。


あくる日、彩琳は、教坊の一室で卓《たく》や食器を並べていた。

「料理の色が映《は》えないかしら……。でも、この酒器を使うなら、皿の色合いも近い方が」

と言いながら、いくつもの組み合わせを試《ため》し、それを書き留めていく。

一人で作業していた部屋に、泰波が現れた。彩琳の顔を見て、大げさに眉《まゆ》をひそめる。

「少し休んだ方がいい。隈《くま》がひどいよ」

彩琳はぎくっとしたが、表情には出さなかった。最近は家に帰っても、設えや配膳《はいぜん》をする楽宮の衣装など細かな部分を思案して、何度も予算と睨《にら》み合い、ほとんど眠《ねむ》っていなかった。

「大丈夫。……失敗したくないの」

「王子の寵が去るかもしれないから？」

静かな声で言った泰波を、返事はせずに見上げる。彼の表情は乏《とぼ》しく、そこにある感情は読み取れなかった。

「彩琳、休んだ方がいい。本当に体を壊《こわ》すよ」

「えぇ、今日は早めに寝《ね》るわ」

それだけ言ってまた作業に戻《もど》る彩琳の側《そば》に、泰波が跪《ひざまず》いた。別な酒器を並べようとしていた彩琳の手首を優《やさ》しく摑《つか》んで、自分の方を向かせる。

「俺は本気で言ってる。そんな風にあしらってほしくない」

緑が混じった茶色の目が、苦しそうに彩琳を見つめていた。彩琳は顔を伏《ふ》せて視線を逸《そ》らす。

「ごめんなさい。でも、今回は本当に失敗したくないの」

楽宮たちのこともある。彩琳自身の今後もかかっている。そして、彩琳の仕事は、蘇司山への復讐のための手段でもあるのだ。

「君は充分《じゅうぶん》やってる。完璧を求めすぎて、皆《みんな》に実力以上を求めたってしょうがないだろう？もし多少の失敗があっても、きっと良い宴にできるし、また君が席糾《せききゅう》をやる機会はくる」

手首を握《にぎ》った手に、少し力が込められる。

「寵姫《ちょうき》にこんな無理を強《し》いる王子はおかしい。君を労わる気持ちがあるなら、こんな風に無茶《むちゃ》な仕事の仕方はさせないはずだ」

摑まれていた手を振りほどき、彩琳は拳《こぶし》をぎゅっと握る。

「央蓮は関係ないわ。わたしは、わたしの目的のためにこの仕事をしてるの」

泰波が、今度は彩琳の肩《かた》に触《ふ》れた。屈《かが》んでしっかりと目を合わせ、彩琳が目を逸らすことを許さない。その目に、厳しい疑いの色が浮《う》かんでいた。

「目的？　君の目的は、王子の妃《きさき》になることだろ？　仕事よりも王子との関係の方が大切なはずだ」

言い返せない彩琳に新たな問いが重ねられる。

「……彩琳、君は王子様が好き？」

好きと答えようとして、言葉が出なかった。泰波の目は、偽《いつわ》りを許さない真剣《しんけん》さがあった。

「君は、王子を利用するために寵姫になった？」

答えられず、彩琳は視線を外す。央蓮と彩琳は互《たが》いに利用するために、一緒《いっしょ》にいる。いくら令霞や泰波の前でまっすぐな自分で過ごそうとしても、この胸には、消えない憎《にく》しみと、醜《みにく》い復讐心がある。

目をつぶる。声が震《ふる》えた。

「…………軽蔑《けいべつ》する？」

「しない」

即答《そくとう》した泰波の声に恐《おそ》る恐る目を開け彼を見る。ひどく苦しそうな顔が、彩琳を見ていた。

「軽蔑なんてしない。……でも、嫌《いや》だ」

ぎゅっ、と、抱《だ》きしめられていた。

「君が、王子を好きなら、何も言わない。でも、そうじゃないなら、嫌だ」

苦しい声が、耳元に囁《ささや》かれる。

「彩琳……もし、俺に王子と同じだけ利用価値があったら、君は俺を選んでくれる？」

「……た、泰波？」

泰波が、彩琳から離《はな》れた。

「……ごめん、君の許しなく触れるなんて、しちゃいけなかった」

立ち上がった泰波は、部屋を出て行こうとして、戸口の前で止まる。

「でも、さっき俺が言ったことは、覚えておいて」

泰波が去った後も、彩琳は彼が出て行った戸口から目を逸らせないでいた。

色々なことがあったのに、することが多すぎて、結局何も考えられないまま今日が来てしまった。

黒漆《こくしつ》で揃《そろ》えた調度に、所々に飾《かざ》ったのは咲《さ》き始めた菖蒲《しょうぶ》だ。青磁の花瓶《かびん》に活《い》けられた淡《あわ》い紫《むらさき》が、変わり始めた季節を思わせる。屋内だが、山水を感じるように設えた。

以前の、鮮《あざ》やかな花で満ちた王女の宴《うたげ》とは違う、ぴしりとしまったものを目指した。

今日の宴に央蓮はいない。見る側にも演じる側にも知己《ちき》がいないこの宴でこそ、彩琳の楽宮としての資質が問われる。一人そっと息をつく。固く目を閉じ、蘇司山のことは考えるなと言い聞かせた。

これから、宴が始まる。

この宴は、詩に合わせて進む。一度は都を離れ各地を遊歴した詩人が、懐《なつ》かしい都に戻り、友と酒を酌《く》み交《か》わす。状況《じょうきょう》は違えど、共に地方へ赴《おもむ》いた賓客たちに、この詩の旅の風景は重なるはずだ。

最初は、高く青い山に囲まれ、ゆっくりと流れる川を下り、都へと帰る旅路の光景。

群舞《ぐんぶ》だが人数は少なく、音楽を主として見せていく。楽器も最小限で、山水の光景を浮かばせるのは、深く震える琴《きん》の音、風や水の流れを思わせる簫《しょう》の音。鼓《こ》は大きいものを一つだけ。鼓は低く、意外なほど柔《やわ》らかい音を奏《かな》でる。それらの音の間を、澄《す》んだ箏《そう》の音が流れる。

宴の最初は、静かにゆっくりと、整った美しさを重視して進める。

――最初から賑《にぎ》やかにしても、みんなが演目に引き付けられるかはわからない。少しずつ盛り上げていった方が、きっと文官と武官たちの温度差も生まれにくいはず。

客たちの酒は進み、静かな中にも、彼らの空気が緩《ゆる》んでくるのがわかる。

次の食事の間は、先程《さきほど》よりも賑やかな音楽を流した。

詩の半ばでは、詩人は都に戻ってきた喜びを噛《か》みしめている。

ここは静かでもいいが、賑やかにした方が分かりやすく、気に入ってもらえるはずだ。

席につく賓客たちを見る。楽しんでいる、と思う。文武の官の間に、諍《いさか》いめいた会話も聞こえない。


――問題は、この後。

何度も稽古《けいこ》を重ねた、雑技と踊《おど》りを合わせた演目が始まる。

楽宮が位置に就《つ》き、拍板《はくばん》の奏者が彩琳を見る。彩琳が頷《うなず》くと、鼓よりも高く鋭《するど》い音が鳴った。

舞台《ぶたい》に注目が集まる。

詩の、友との再会を喜び、酒を酌み交わす段階に入った。ここで異国の思い出として乳香《にゅうこう》の香《かお》りが詠われる。給仕《きゅうじ》の楽宮に合図をし、ここでようやく香を焚《た》く。

その喜びを示すようなにぎやかな音楽の中で、雑技が緊張感《きんちょうかん》を与《あた》えているはずだ。

雑技の見事さに時折歓声《かんせい》が混じる。その度《たび》彩琳は大丈夫《だいじょうぶ》だと自分に言い聞かせる。

手のひらに汗《あせ》がにじむ。曲の盛り上がりが近づいている。大呂《たいりょ》の音が奏でられた。

踊りが止まり、雑技の楽宮が、跳《と》び上がった。

——あぁ！

音と、ずれてしまった。宙返りの着地もよろめいていた。踊る楽宮も一人、止まるのが遅《おく》れてしまっていた。失敗はその二つくらいだったが、だからこそ口惜《くちお》しかった。

——完璧《かんぺき》な宴に、したかったのに。

何の文句もつけられないように。ぐっと奥歯を噛《か》む。全《すべ》て、全て整えたくて、時間も体力も知恵《ちえ》も、自分の持つものは全て擲《なげう》って、それでも届かなかった。

その失意のうちに宴は終わった。これでもう、駄目《だめ》かもしれない。内人となる道も、復讐《ふくしゅう》へとつながる央蓮との関係も、楽宮という立場を貴族たちに見直させることも、叶《かな》わなくなったかもしれない。苦しい胸の内を押し殺す。

「席糾はここへ」

以前教坊《きょうぼう》へ来た太った口髭《くちひげ》の官吏《かんり》が、彩琳を呼んだ。

跪《ひざまず》いて礼をした彩琳に、顔を上げるように促《うなが》す。

罵声《ばせい》か、嘲笑《ちょうしょう》か、不安を感じながら、顔を上げた。

「……え」

手を叩《たた》く音が広がった。

与えられたのは、拍手《はくしゅ》と快哉《かいさい》だった。信じられない思いで周りを見る。

「雑技と舞踊《ぶよう》が一緒になったものを見たのは初めてです」

「あの有名な詩を元に宴を作ったのか」

「設《しつら》えが良い。香を食事の後に焚くのも、香りが邪魔《じゃま》にならず心憎《こころにく》い配慮《はいりょ》だ」

次々とかけられた言葉に、失礼のないよう答えていく。

――成功、したの？

皆、評価している。褒《ほ》めてくれている。彩琳は、教坊で「楽しみにしている」と言ってくれた老官吏の席を見た。その人は俯《うつむ》いていて、表情はわからなかった。

他《ほか》の官吏に声を掛《か》けられ、そちらを向く。

「あまり入り込んで歌舞《かぶ》を見たことがなかったのですが、設えから料理にまで、あの詩が通底しているためか、全てを一つのものとして楽しみました。楽宮とはすごいものなのですね」

大丈夫だ、自分では失敗だと思ったけれど、成功したのだ。

――大丈夫、意図したとおりのことを、言ってもらえてる。

これでいいのだと、彩琳はようやく納得《なっとく》した。周囲のためにも、復讐のためにも、自分は正しい道を進めている。

「みなさん」

誰《だれ》かの声に、周囲が静かになる。その穏《おだ》やかそうな声は、初めて聞いたのに、彩琳の胸の中に嫌悪《けんお》を沸《わ》き上がらせた。笑《え》みを貼《は》り付けた顔が、彩琳を見ている。

——蘇司山。

周囲の注目が集まるのを待ってから、蘇司山はゆったりと話し始めた。

「今日は趣向《しゅこう》の違《ちが》う宴ということで、どのようになるかも想像できずにおりましたが、央蓮様のお気遣《きづか》いのおかげで素晴《すば》らしい宴を賜《たまわ》ったこと、とてもありがたく思います」

周りがそれに頷いた。

「……そして、この司山、楽宮というものへの考えを誤っておりました。歌舞や楽器に秀《ひい》でてこそ、内人となれるのだと」

笑んだような目が、薄《うす》く見開かれる。光の宿らない目に、背筋がゾッとした。

「しかし央蓮様の寵姫《ちょうき》は、技芸がなくともこれ程《ほど》素晴らしい宴を作られる。これは玉を賜る内人にも劣《おと》らぬと思いませぬか」

そうだ、と、幾《いく》人かが応じた。香の煙《けむり》が、ゆらりと揺《ゆ》れた。

「しかし、前例のないことでもありますゆえ……、いかがでしょう？　今一度、席糾《せききゅう》として宴の差配を任せ、その出来を試験して、内人とするかを判断するのは」

内人は蓮花《れんか》楽人《がくじん》となるために必ず通らねばならない道だ。想定よりもずっと早く、思ってもみなかった方向から機会は訪《おとず》れた。しかし、それを好機と、彩琳はなぜか思えなかった。

六　壊されたもの

司馬陵建《しばりょうけん》、江楠《こうなん》という州刺史《しし》二人の饗応《きょうおう》。

司馬陵建は富裕《ふゆう》な士大夫の出身で中央の官から州刺史となり、一方の江楠は彩琳の父のような典型的な地方貴族だ。父の官位で職を得て少し中央に勤めたようだが、すぐに自分の州に戻《もど》り、それなりの年齢《ねんれい》になったあたりで刺史となった。

彼らの治める州は隣接《りんせつ》し、境にある河が時折氾濫《はんらん》を起こす。治水は国家事業だが、人手はその地で雇《やと》い入れる。州側の準備も必要になるため、河に接する両方の州に、快くやってもらうために行われるものだ。刺史二人に利害関係はないので、特にもめる要素もない。

治水は決定事項《じこう》なので、宴《うたげ》の出来が仕事の成否を左右するわけではない。何かを揺るがす宴ではないので試験として選ばれたのだろうが、今までの宴席《えんせき》とは、段違《だんちが》いに格が高い。

教坊《きょうぼう》で受け取った文書を読み、そっと閉じる。これを乗り越《こ》えられれば、道は一気に開く。

そして、前の宴席について、王という老官吏が礼状を届けに来てくれた。

椅子《いす》の傍《かたわ》らまで彩琳が付き添《そ》ったのを見て老官吏が目を瞬《まばた》かせた。彩琳は少し赤くなる。

「すみません。……以前、お膝《ひざ》が悪いように見えたので」

お節介《せっかい》が過ぎたことを恥《は》じたが、老官吏はほほ笑んで彩琳を落ち着かせ、席についた。

「……礼状は上役からのものです」

礼状を渡《わた》す顔が曇《くも》っていた。彩琳が文《ふみ》に目を通すと、そこには美辞麗句《びじれいく》に加えて、央蓮の名が並ぶ。通常楽宮に出さない礼状は、彩琳を通して央蓮に媚《こ》びを売るために書かれていた。

「今日は、香を焚いていないのですね」

老官吏が茶を飲んで、煙《けむり》の出ていない香炉《こうろ》を見た。彩琳は、香炉を見てから花瓶《かびん》に目をやる。蕾《つぼみ》を沢山《たくさん》つけ、一つ二つ綻《ほころ》び始めたばかりの百合《ゆり》を活《い》けていた。

「早咲《はやざ》きの百合が手に入ったんです。香を焚くと、煙で花弁が傷《いた》むので。……きれいに咲《さ》いて欲しくて」

老官吏は頷《うなず》いて「楽しみですね」と笑った。そして、彩琳をじっと見た。何だろうとたじろぐ彩琳に、官吏は一度目を伏《ふ》せた。

「失礼を。……貴方《あなた》を重んじる王子であれば、きっと、噂《うわさ》のような方ではないのでしょう」

どういう意味だろうと思ったけれど、彩琳は、訊《き》いてみたかったことを思い出し、老官吏に尋《たず》ねる。

「あの……、前回の宴席は、いかがでしたか」

官吏は顔を曇らせた。

「……私は、前の宴よりも、この部屋の方がずっと居《い》心地《ごこち》がいいです」

そう言うと、老官吏は「そろそろ戻らねば」と帰っていった。どういうことだろう。前の宴席が、気に入らなかったのだろうか。大丈夫《だいじょうぶ》だと、不安に蓋《ふた》をする。

『よくやった、次の宴の成功も信じている』

宴が終わった後に央蓮からもそう短い文が来たのだから。

央蓮はなにか忙《いそが》しく過ごしているようだったが、彩琳にその理由は言わなかった。

――前回みたいに、完璧《かんぺき》な宴を目指せば大丈夫。

以前の宴が評価されたのだ。楽宮たちも、今度は稽古《けいこ》の重要性をもっと強く感じてくれるに違いない。

調度は豪奢《ごうしゃ》に、双方《そうほう》の好みを取り入れる。稽古に時間を割《さ》くため、先に調度と料理を決めて手配をすませてしまおう。

――大丈夫よ。前だって、あんなに褒められた。わたし、ちゃんと席料が出来るんだわ。

今まで特技など何一つないと思っていたのに、央蓮の命で席料を始めてからは、人に評価してもらえるようになった。だから、自信を持とうと思った。

完璧な宴を、作ろうと思った。

「ついていけない」

前回の宴にも出た、舞踊を専門とする楽宮だった。舞台《ぶたい》を下り、彩琳の目の前で言い放った。

「……でも、絶対にこうした方がきれいだし、刺史たちも気に入るわ」

そう言い募《つの》ると、彼女は拒絶《きょぜつ》するように目を伏せて、首を横に振《ふ》った。

「群舞《ぐんぶ》で陣形《じんけい》をこんなに大きく複雑に切り替《か》えるのは無理。ぶつかる」

「だから、稽古の時間を長くとって……」

「あのね、こんな無茶《むちゃ》して怪我《けが》でもしたら、仕事が出来なくなって喜花坊から放《ほう》り出されるわ。そうなった時に、アンタ責任とれないでしょ。アタシたちは人形じゃないのよ」

だからと言って、簡単な振りで仕事をするのが正しいのだろうか。

「前だって、アタシらのことなんかお構いなしで宴席やろうとしてたでしょうが。雑技と一緒《いっしょ》なんて危ないことやらせて」

「でも、出来たでしょう？」

反論すると、睨《にら》み返された。

「踊《おど》りも音楽も出来ないアンタが、出来る出来ないなんて軽々しく口にしないで」

「軽く考えてるわけじゃないわ。だからこうして準備を……」

そう言いかけたところで、遠くから、吐《は》き捨てるような声が聞こえた。

「王子の寵で楽宮面《づら》してるだけのくせに」

大きな声ではなかったが、はっきりと耳に届いた。思わず目をやると、舞台上の楽宮たちの表情が目に入る。そこに含《ふく》まれた敵意に、彩琳は体中に針を刺《さ》されたような気がした。

「俺たちは、何にも出来ないお前の出世の道具じゃねぇんだよ」

その言葉を、誰《だれ》も否定しなかった。否《いな》、多くの楽宮の目が、その言葉を肯定《こうてい》していた。

口を開くが、声が出ない。彩琳の言葉など聞きたくないというように、彩琳の目の前にいた楽宮が背を向けて、稽古場《けいこば》から出て行く。残った楽宮たちも、それを追うように出て行った。

楽宮たちを軽《かろ》んじたつもりはない。むしろ、完璧な宴にすれば、みんなの地位が上がると思ってやってきた。

舞台での演技に伴《ともな》う危険を、実際の踊り手ほどわかっているとは言えないかもしれないが、だからこその綿密な稽古ではないのか。

いくらでも言葉は浮《う》かんでくる。だが、かけるべき相手は誰も残っていなかった。

もう一度、歌舞《かぶ》の演出を練り直してから楽宮たちに告げることにし、先に衣装と調度品の準備を進めた。群舞の人数や全体の方向性は決まっているので、先に揃《そろ》えても問題はない。

「……これなら、格調高いし華《はな》やかさもあるし、刺史も気に入りそうね」

そっと一人で呟《つぶや》いて、衣装を広げる。部屋の戸が開く音がした。上役に呼び出されて一度部屋を出て行った槇槇だろうと顔を上げたが、戸口に立つ泰波を見て目を瞠《みは》る。

「……彩琳、大丈夫？」

彩琳は一度視線を逸《そ》らして、片付けなくてもいい衣装を畳《たた》み始める。どんな顔で泰波と接していいかわからなかった。一つ息をついてから、明るい声を作る。

「踊りをもう一度考え直しているところ。大丈夫、みんなが気に入るような完璧な宴を作るわ」

虚勢《きょせい》を張らないと、何もできなくなってしまいそうだった。

彩琳は、あの日泰波に抱《だ》きしめられたことを、ずっと忙しさを言い訳に考えないようにして来た。全く顔を合わせなかったわけではないが、二人で会うのは、あれ以来だ。

「…………彩琳」

傍らに来た泰波に、囁《ささや》くように名を呼ばれる。どうしていいかわからず視線を俯《うつむ》けた。泰波の、楽士らしいすんなりとした指が、そっと歩揺《ほよう》に触《ふ》れる。彩琳は、赤くなって目をぎゅっとつぶった。閉じた目からわずかに涙《なみだ》が滲《にじ》んだ。

「大変だったね。辛《つら》かっただろう？」

頷きそうになる自分を押し殺して、首を横に振った。

「平気よ」

「嘘《うそ》だ」

泰波の指先が、涙の滲んだ彩琳の目元に伸《の》びる。とっさに顔を背《そむ》けた。

「この前、俺が言ったこと、覚えてる？」

頷きも否定も返さず、目を背けたまま黙《だま》っていた。もうわずかな力で切れてしまいそうなほど、彩琳の心は張りつめている。大きな仕事の重圧、楽宮たちの反発、復讐《ふくしゅう》と父の名誉《めいよ》の回復。絶対に成功させなければならないのに、すでに亀裂《きれつ》が入り始めている。他《ほか》のことを考えられないほど、切羽《せっぱ》詰《つ》まっていた。

「……彩琳に、話したいことがあるんだ」

苦し気な声に顔を上げる。泰波が何かを言おうとしたが、バタバタと廊下《ろうか》を駆《か》けて来る音に、それは途切《とぎ》れた。

息を切らした槙槙が、転げるように部屋に駆け込んできた。

「彩琳、まずいよ！　大変なことになっちゃった！」

叫《さけ》ぶように言った槙槙が、息の整わないまま説明した言葉に、彩琳は絶句した。

次々と高官や貴族の宴《うたげ》が重なって、人手がそちらに割かれている。彩琳が席糾《せききゅう》を務める宴に割《わ》り振られていたはずの人員が、別の宴へと引き抜《ぬ》かれていた。

「でも、宴が決まったのはこちらが先でしょう⁉」

後から人が減らされるなど、あっていいのか。

「開かれるのは向こうが先なんだ。……その宴が終わればこっちの宴に参加できるから、名目上は減らないんだけど」

稽古の時間が、一切《いっさい》なくなる。

彼らが日ごろ修練している踊りや曲を披露《ひろう》するだけであればそれで構わないだろうが、内人になる試験で、普段《ふだん》と変わらない宴を見せたとしたら、おそらく、

――内人には、不適格だと思われる。

「待って、全員が他の宴席《えんせき》に駆り出されたわけじゃないわよね？」

「それが……急に隣国《りんごく》の使節まで来ることになったらしくて、かなり」

彩琳の顔から血の気が引いた。綿密な稽古が出来る人員は、ほとんど残らない。

そして、彩琳を襲《おそ》った災難は、これだけでは済まなかったのである。

指先が震《ふる》えていた。

――どうして。

声にならなかった。

新しく買い揃え、場所を取るので稽古用の部屋に卓子《たくし》や屏《びょう》など、必要な物を並べていた。

それらすべてが、めちゃくちゃに壊《こわ》されている。櫃《ひつ》に入れていた衣装はずたずたに裂《さ》かれて部屋に散乱し、玻璃《はり》製の酒器は粉々に打ち砕《くだ》かれ、漆《うるし》で塗《ぬ》られていた卓子は、斧《おの》でも使ったのか、無残に木肌《きはだ》を覗《のぞ》かせている。

今朝、彩琳が久しぶりに令霞を伴い部屋を訪《おとず》れると、鍵《かぎ》が壊されていた。恐《おそ》る恐る戸を開けると、この惨状《さんじょう》が広がっていたのだ。

宴で使うものは国の財産だ。紛失《ふんしつ》や破損が故意に行われた場合、楽宮は重い罪に問われる。危険を冒《おか》して、これ程《ほど》ひどいことをされるほど、自分は恨《うら》まれていたのだろうか。

前回の宴の時から、彩琳を憎《にく》んでいたのか。

美しかった何もかもが壊された部屋の中で、彩琳はしばし呆然《ぼうぜん》と佇《たたず》んでいた。徐々《じょじょ》に、悔《くや》しさが沸《わ》き上がってきた。怒《いか》りで胸が苦しい。

「……どうして!?　こんなのおかしいじゃない！　わたしが気に食わないからって、どうしてここまでひどいことをするの!?」

令霞はおろおろと視線を彷徨《さまよ》わせる。

「楽宮がしたことかは、わからないよね……？」

「じゃあ誰がやったの!?　……嫌《いや》だからって稽古《けいこ》を投げ出して、こんな風に物を壊して、みんなが気に食わなかったとしても、あの宴はちゃんと評価されたわ。官吏《かんり》たちは褒《ほ》めてた。それなのに、こんな」

彩琳にとって宴の仕事は、確かに復讐のための手段だった。でも、それだけではない。楽宮の地位を上げたいと頑張《がんば》ってきたのに、こんなことをされるなんて。

「こんなのおかしい。わたし、ちゃんと賓客《ひんきゃく》に気に入られるように、文句が出ないように、あの宴を作ったのに！」

令霞が、泣くのを堪《こら》えるようにぎゅっと顔を歪《ゆが》めた。しばらくためらってから口を開く。

「………でも、さ、彩琳も、変だよ」

「令、霞……？」

「あの宴から、ずっと変」

手の甲《こう》で目元を拭《ぬぐ》って、令霞は彩琳に背を向ける。不安を感じて、彩琳は手を伸ばす。

その指先が令霞に届く前に、彼女は駆けだした。

空を摑《つか》んだ彩琳の手は震え、彩琳の側《そば》には、心の中と同じようにめちゃくちゃに壊されたものが散らばっているだけだった。


喜花坊《きかぼう》を訪れたのは久しぶりだった。珍《めずら》しく、彩琳の方から文《ふみ》が来たのだ。

どうやら、かなり大変な状況《じょうきょう》に追い込まれているようだ。

それでも中々会いに来られなかったのは、蘇司山の擁立《ようりつ》する王子をようやく見つけ出したからだ。

それは、先帝《せんてい》の落胤《らくいん》だった。

先帝に寵愛《ちょうあい》する楽宮がいたのは有名だ。記録上、子はいないが、同じく楽宮だった寵姫《ちょうき》の妹が十九年前に男児を産んだことになっている。その妹は、産後すぐ貴族の側室として喜花坊を出され、子は置いていった。先帝の寵姫がその後養育したことになっているが、この子は先帝と寵姫の間の子ではないか。記録をごまかすために妹の子とした可能性があった。

しかし、記録上別な楽宮が産み落とした子であるだけでなく、後宮ではなく喜花坊で暮らす楽宮が孕《はら》んだのが、本当に皇帝《こうてい》の子であると誰《だれ》が証明できるのだろうか。

その上寵姫は、継承《けいしょう》争いの最中、自分も狙《ねら》われると思ったのか喜花坊を逃《に》げ出している。その幼子を置いてだ。仮に皇帝の子であれば、いや、皇帝の子でなくとも、自分の産み落とした子を置いて行くだろうか。寵姫が逃げた後、先帝からその幼子に便宜《べんぎ》が図《はか》られた様子もない。

ただ、その楽宮は、現皇帝に代替《だいが》わりしたころから、退官した老宦官《かんがん》に呼び出されて定期的に会っている。外に落胤であると知る者がいて、教育を受けてきたのだとしたら。それを蘇司山が嗅《か》ぎ付けたとしたら。

——しかし、先帝の子だと証明しづらい者をあえて選ぶとは。

その楽宮について尋《たず》ねたい気持ちももちろんあった。

だが、それ以上に彩琳を案じる気持ちの方が強い。今まで自分から央蓮に助けを求めてきたことなどないのだ。急《せ》いた気持ちで戸を叩《たた》くと、勢いよく内側から開いた。蒼白《そうはく》な顔をした彩琳が、縋《すが》るような目で央蓮を出迎《でむか》えた。

——ずいぶん、痩《や》せた。

思わず、彩琳を抱《だ》きしめていた。

「すまない。もっと早く来るべきだった」

視界の端《はし》で、この家で働く老女が礼をする。すぐに下がらせて、彩琳の肩《かた》を支え、いつもの部屋へ連れて行く。私室に入るまで、彩琳に触《ふ》れるのはいつものことだ。ただ、その行動の意味が今は揺《ゆ》らいでいる。心についた傷を隠《かく》せないでいる彩琳を見た時、思わず抱きしめていた。

それは、関係を偽《いつわ》るためでも、彩琳をただ慰《なぐさ》めるためだけでもない。

今腕《うで》の中に彩琳のぬくもりを留め置いているのは、ただ、央蓮自身がそうしたいからだ。

彩琳の家の前で、泰波は躊躇《ためら》った。王子が、彩琳を抱きしめていた。彩琳も、それを当たり前に受け入れていた。

――でも、王子がいる時の方がいい。

彩琳に話さなければならないことがある。結局あの日から、彩琳は対応に追われ、話す機会が無かったのだ。

もう、時間がない。

意を決して戸を叩くと、怪訝《けげん》な顔の老女が戸を開け、泰波の顔を見て言葉を失った。

――この人は、知っているのか。

晩年は表に顔を出さなかったようだが、楽宮の中にはその顔を知る人が時々いた。だが、面と向かって言う者はいない。喜花坊の中で、泰波は本当にずっと幽霊《ゆうれい》だったのだ。

ただ、この人が知っているなら話は早い。

「王子にどうしても伝えなければならないことが」

言葉にならないのか幾度《いくど》か頷《うなず》き、二人が入った部屋を指し示す。

大股《おおまた》に歩いて行き、部屋の前で立ち止まる。見たくなかった。怖《こわ》かった。

——でも、彩琳を助けたい。

「彩琳！　俺だ、開けてほしい」

しばらく何の音もしなかったが、軽い足音がして、部屋の扉《とびら》が開いた。

不安げな彩琳の衣服に、少しの乱れもないことにほっとしている自分がいる。

榻《とう》に腰《こし》かけた王子は、驚《おどろ》いた様子でこちらを見ていた。

「突然《とつぜん》の無礼をお許しください。……俺は」

王子は続きを遮《さえぎ》るように立ち上がった。

「……よく、似ておられる」

その後で、王子が「なるほど、これなら誰もが信じる」と呟《つぶや》いた。

視線を避《さ》けるように俯《うつむ》いた。泰波の親を知る者は、みんなそう言う。髪《かみ》や目の色も骨格も、胡人の母から受け継《つ》いだものが多いはずなのに、皆《みな》自分を父親に似ているとばかり言う。泰波自身は、その人の顔を知らない。会ったことが無いのだ。

「央蓮は、泰波を知ってるの？」

彩琳の言葉に、王子は「初めて会った」と素直《すなお》に返す。

「彩琳こそ、この方が誰か知っているのか」

戸惑《とまど》った表情の彩琳が、王子を見上げた。

「この方って……、楽宮の泰波よ」

彩琳は、泰波を自分と同じように、親の連座で喜花坊に来た楽宮だと思っていただろう。これ以上、そう思わせたまま話すのは限界だった。

「彩琳……俺、宴《うたげ》に出られないって言ったよね。人に顔を見せちゃいけないって。父親に、似てるせいなんだ」

王子が、そっと口を開いた。

「泰波殿《どの》は、……先帝陛下の子息だ」

彩琳の反応が怖くて、わずかな頷きだけを返した。窺《うかが》うように視線を向けると、彩琳が思わずこぼれたというような声を漏《も》らした。

「泰波が、先帝陛下の……？　それじゃ、琵琶《びわ》の幽霊って」

泰波の母のことだ。喜花坊の噂《うわさ》は全《すべ》て間違《まちが》っているようで、どれも真実を含《ふく》んでいる。子がいたから殺された、恋人《こいびと》と逃げた、子を持て余して逃げた楽宮がいる——皇帝の子を産み、持て余し、喜花坊から逃げた琵琶弾《びわひ》きの楽宮が母だ。人目を避け、泰波が隠れてかき鳴らしていた琵琶の音は、人々には消えた寵姫の琵琶と重ねられ、幽霊の噂が立った。

宴席《えんせき》や喜花坊の中は、貴族たちが驚くほどの情報で溢《あふ》れている。それが外へと漏れ出ないのは、口を閉《と》ざすべきこととそうでないことを楽宮たちがわきまえているからだ。情報は身を守るものにも、滅《ほろ》ぼすものにもなる。泰波も、そうして生きてきた。

「……それより、話さなくてはならないことが」

そのために、私室にまで踏《ふ》み込んだのだ。彩琳だけでなく、王子にも伝えるべきことだ。

「彩琳が今取り組んでいる宴は、必ず失敗します」

王子は目を眇《すが》めた。

「蘇侍郎《じろう》が、急を要さない宴を多く開いて他《ほか》の楽宮を引き離《はな》し、彩琳が仕入れた物を、配下を使って破壊《はかい》しました」

彩琳の顔が青ざめた。「どうして」と微《かす》かに口元が動く。

「王子の寵姫が差配する宴を、失敗させたいんだ。次の宴は、見た目ほど簡単じゃない。主賓《しゅひん》の二人は隣接《りんせつ》する州を治めてるだけで、特に面識はないと思われてる。だけど中央官吏《かんり》時代に衝突《しょうとつ》していて、本当はすごく不仲だ。少しつつくだけでも、諍《いさか》いになりかねない」

睨《にら》むような央蓮の視線が、泰波に向けられている。

「わざと難しい宴をあてがったのか。その上、確実に失敗するように手を回していると」

泰波は頷いた。

「王子は席糾《せききゆう》という立場を立て、それを自分の寵姫《ちようき》にさせるという無理を通しています。大切な宴で寵姫が失態を見せれば、それは王子の責でもある。蘇侍郎は、失敗させて貴方《あなた》の評判を落としたいんです。江氏は名門、司馬氏は地方に飛ばされた州刺史《しし》ではなく、交易の要所の統治を任せるために派遣《はけん》されている。王子の今後に充分影響《じゆうぶんえいきよう》力を持つ二人です」

泰波の言葉に、王子は表情を変えない。そのことに徐々《じよじよ》に腹が立ってきた。

「彩琳に、試験を辞退させてください。今ならまだ間に合います」

「成功させればいいのだろう。……内人への試験は、無理を押したからこそ得られた唯一《ゆいいつ》の好機だ。壊《こわ》された調度や衣装は、私の財から購《あがな》える」

ふるっと、体が震《ふる》えた。堪《こら》えきれない、怒《いか》りのせいだった。

「だから、元より失敗する宴なんだ！」

余裕《よゆう》がなくなって、敬語も使わず言い返す。王子の冷静さに、怒りが加速する。

「もっとはっきり言わないとわからないのか？　君と蘇侍郎の争いに、彩琳を巻き込まないでくれ！　今この子がこんな風に苦しめられてるのは、彩琳が君の寵姫だからだ。内人の方が妃《きさき》にしやすいなんていう下らない理由で、彩琳をこれ以上追《つ》い詰めるな」

それまで困惑《こんわく》していた彩琳が、口を開く。悲痛な焦《あせ》りが混じった声だった。

「泰波、やめて。わたし、どうしても内人になりたいの」

違和感《いわかん》を覚えた。二人とも、なぜ内人にこだわるのか。内人の方がうるさく言われないだけで、今だって彩琳を妃には出来るのだ。なぜ危険を冒《おか》そうとするのか。

——何か目的があって寵姫になったのは知ってるけど、内人になるためなのか？

それに、この態度では王子もそれをわかって彩琳を寵姫にしているようではないか。

疑問は一度振《ふ》り払《はら》い、王子の目をまっすぐに睨む。

「辞退させてください」

「彩琳は、成功させる。その力がある娘《むすめ》だ」

当たり前のように放たれた言葉に、みじめで醜《みにく》い気持ちが沸《わ》き上がる。王子に、自分の方が彩琳を知っている、理解し評価していると言われた気がした。

「蘇侍郎が失敗させようとしているんだ。必ず成功すると言いきれるのか？　君は、前回の宴で彩琳がどれだけの犠牲《ぎせい》を払って、ギリギリまで自分を追いつめて成功させたか見ていない。それ以上の無理をしても成功するかわからない状態で、それを言うのか？」

「彩琳も、目的があってしていることだ」

かっとなって、言うつもりのなかったことを口に出してしまう。

「宴が失敗したら、罰《ばっ》を受ける可能性だってある。蘇侍郎にこの子が姫家の娘だと知れたらどうするんだ！　危険は今の比じゃなくなる。この子に命まで賭《か》けさせる気か!?」

蘇侍郎はまだ彩琳の出自までは調べていない。だが、自分が獄死《ごくし》させた貴族の娘と知ったら、厭《いと》う王子の寵姫というだけでなく、彩琳本人にも敵意を向けるはずだ。

王子は、その時ようやく黙《だま》った。彩琳の震える声が、耳に届く。この子の怯《おび》えた声なんて、聞きたくなかった。

「どうして、そんなこと知ってるの？　……わたしの、家のことまで」

「先帝《せんてい》の落胤《らくいん》など、協力者がいなければ隠《かく》し通せん。ここの官吏に聞いたのだろう」

王子の声は静かだった。

「わからぬ。何故《なぜ》ここへきて情報を漏らした？　泰波殿は、蘇司山と道を分かつつもりなのか」

冷水を浴びせられたような不快感が、体中に走る。王子がそれを摑《つか》んでいるにしても、彩琳にだけは、知られたくなかった。彼女の顔が見られない。目を固く閉じた。

「央蓮、何言ってるの……？　泰波が、蘇司山とつながりがあると思ってるの？　泰波はずっと、わたしの仕事を手伝ってくれてたのよ」

泰波をかばう言葉を紡《つむ》ぐ、彩琳の声は震えている。泰波を信じるというよりも、蘇司山とつながっていたことをどうしても信じたくない、そんな声だった。

「蘇司山は、後ろ盾《だて》のない王族の後見に立ち、皇太子として擁立《ようりつ》しようとしていた。後ろ盾どころか外戚《がいせき》も無く、名君と名高い先帝の最後の息子《むすこ》。ましてこれ程《ほど》似た面差《おもざ》しであれば、先帝の信奉《しんぽう》者たちは、喜んで天子に戴《いただ》くだろう。……楽宮として育ったとあれば、蘇司山は自分が全権を握《にぎ》れると思うだろうしな」

うそ、と、彩琳は息のように微かな声を零《こぼ》した。

「泰波殿が、今日何度、蘇侍郎と口にしたと思う。配下を使って調度を壊したと言いきったが、蘇司山がそう簡単に自分の指示だと掴ませるものか。本人から聞いたと思う方が自然だ」

泰波は、ぐしゃっと自分の髪《かみ》を掴んだ。

「……俺が生まれた時、先帝は、自分に仕えていた宦官《かんがん》と、教坊《きょうぼう》の官吏に、俺のことを託《たく》したんだ」

それは、先帝が泰波に対してかけた最初で最後の情だった。

その二人は、最初はただ崇敬《すうけい》する先帝の命に従い、泰波を守っていただけだった。しかし、泰波が成長し、先帝の面影《おもかげ》を濃《こ》く宿すにつれて、別の野心を抱《いだ》くようになった。自分たちが守り育てた泰波を、皇籍《こうせき》に戻《もど》すことだ。名君として知られた先帝と同じ面差しを持つ泰波が皇位に就《つ》くことで、あの時代が帰ってくると思いこんでいる。だから、蘇司山が接触《せっしょく》してきた時、喜んでそれに乗り、琵琶の稽古《けいこ》と称《しょう》して会う際に、泰波と引き合わせた。

「俺を我が子と認める先帝の文《ふみ》も、残ってる。……それを蘇侍郎は嗅《か》ぎ付けて、俺と会うようになった。俺は、宮城の中になんか、何の興味もない。ずっと、かわして、あしらってきた」

外のことなど何も知らないような怯えた顔で、蘇司山の話を自分には重荷すぎると躊躇《ためら》って見せた。時間をかけて打ち解けた振りをし、わずかずつ情報を引き出して来た。掌中《しょうちゅう》に落ちることも、邪魔《じゃま》になって殺されることもないよう振る舞《ま》う綱渡《つなわた》りを、消耗《しょうもう》しながら続けてきた。

「……だけど、君が彩琳を守れないのなら、守る気がないのなら、話は別だ。蘇侍郎は、俺が大切に想《おも》う人に手は出さない。俺に譲《ゆず》ってくれないか？　君よりも、俺の方が、彩琳を守ってあげられる」

泰波の望みを、全《すべ》て叶《かな》えると蘇司山は言った。泰波の望みは、一つだけだ。

――この子がほしい。彩琳に、俺の側《そば》にいてほしい。

王子の目を見る。初めて、視線が逸《そ》らされた。何も答えない王子に更《さら》に言葉をかける。

「試験を辞退させるべきだ。それが無理なら、せめて君のせいで彩琳が陥《おとしい》れられないようにしてほしい。この子から手を引いてくれ。彩琳を好きなら、大切に想うなら、できるはずだ」

逸らされていた王子の視線が、再び泰波に向けられる。一瞬《いっしゅん》だけ、苛烈《かれつ》なほどの怒りを向けられた。だが、王子はすぐにそれを抑《おさ》え込んだ。

「央蓮、わたしを切り捨てないわよね？　だってわたしたち、このために手を組んできたんじゃない！」

彩琳が央蓮の袖《そで》を引いた。親しげな動作ではあったが、その言葉で不信感が確信に変わる。

央蓮は、しばしまっすぐに泰波を見つめていた。思案の間も、表情は揺《ゆ》らがない。

「宴《うたげ》をするか否《いな》かは、彩琳が決めることだ」

頭に血がのぼる。この期《ご》に及《およ》んで、まだ彩琳に危険を冒させようというのか。王子に何か言おうとしたが、その前に王子が彩琳を見て、口を開いた。

「ただ、彩琳からは手を引こう」

七　この手で為したこと

何で、と、問うことすらできなかった。央蓮の袖を掴んでいた手を、そっと外される。

「蘇司山が宴席《えんせき》を失敗させるためにお前に目を付けているのなら、共にいるだけ危険だ。手を組む意味はない。自分の手で復讐《ふくしゅう》することは諦《あきら》めろ」

きっぱりとした口調で言いきり、彩琳から視線を逸らす。

「もう忘れろ。お前は楽宮として生きていくのが似合いだ」

そんな言葉一つで、央蓮は全てを終わらせて、部屋を出て行こうとする。

――もう忘れろ？　楽宮が似合い？

どんな思いで彩琳がここへ来て、どれほど蘇司山を憎《にく》んでいるか知っていて、それをすべて忘れて楽宮として暮らせと言うのか。他《ほか》の誰《だれ》が知らなくても、央蓮だけは彩琳の心を知っているはずなのに。

蘇司山の妨害《ぼうがい》で行き詰《づ》まった彩琳を、足手まといとして切り捨てたとしか思えなかった。

「央蓮！」

彩琳の声に、央蓮は立ち止まる。でも、振り返ることはしなかった。わずかに動いた央蓮の視線は、一瞬だけ泰波に向けられ、再び正面に戻る。彩琳を決して見ようとしなかった。

「互《たが》いに、人前で情のある振りをするのにも疲《つか》れただろう」

「央蓮……、わたし、あなたのこと仲間だと思ってた」

好きだとか、嫌《きら》いだとか、そんな風に考えたことはなかった。だけど、互いの目的を、取り繕《つくろ》わない互いの姿を、理解し合っていると思っていた。こんな風に簡単に切り捨てられはしないと、どこかで信じていた。

裏切られたような思いがした。仲間だと、そう感じていたのは彩琳一人だったのか。

「……そうか」

肯定《こうてい》でも否定でもない短い応《こた》えだけを残して、央蓮は去った。もうきっと、ここへは来ない。

足元が揺らぐ。ふらついた彩琳を泰波が支えた。

「ごめん、知ってしまった。君のお父さんが、蘇侍郎《じろう》に陥れられて亡《な》くなったこと」

支えていただけの腕《うで》に力がこもり、彩琳を抱《だ》きしめる。

「本当は、寵姫《ちょうき》ですらなかったんだね。復讐のために、王子と手を組んだんだろう。……俺は、君がそんな血腥《ちなまぐさ》いことのために、偽《いつわ》りでも他の男の寵姫でいるのを見たくない。安全に過ごしてほしい。槇槇や令霞と一緒《いっしょ》に、楽宮として楽しく生きていくだけじゃ、駄目《だめ》なのか？」

駄目に、決まっている。目から涙《なみだ》が零れた。

「何で、央蓮にあんなこと言ったの!?　わたし復讐ができるなら、内人になって父上の名誉《めいよ》を回復するためなら、命なんて惜《お》しくないわ！」

「違《ちが》う。君は、きれいなものが好きなはずだ。美しいものを作ることが好きなはずだ。それを、王女の宴で知ったはずだ。どうして、そんなに復讐に囚《とら》われなきゃいけないんだ」

最初の宴を楽しいと思ったことは嘘《うそ》じゃない。でも、自分が楽しむよりもずっと、人に認められ、文句を言われない宴を作る方が大事なのだ。央蓮が蘇司山を追いやる手伝いをするためには、父の名誉を回復するため、蓮花《れんか》楽人《がくじん》となるためには。

「俺は、彩琳が、苦しい道を選んでいるように見える」

「だって、わたし一人幸せになんてなれない！」

悲痛な叫《さけ》びは、自分でさえ気づいていなかった本心だった。

「父上は殺されて、母上とはもう会えない。今もどこかで辛《つら》い思いをしてるかもしれない。それなのに、わたしが楽宮の仕事を楽しんで、二人のことを忘れて幸せになっちゃいけないの！」

復讐がすべてじゃないなんてことはわかっている。央蓮だけではない、令霞や槙槙、泰波と出会って、共にいて、安らいだ時が無かったわけがない。

でも、父や母が味わった不幸を知っていながら、自分が一人で楽しんだり、喜んだり、幸せになることは、裏切りのような気がした。

「君の出自と、復讐を目論《もくろ》んでいたことが知れたら、蘇侍郎に何をされるかわからない。死んでほしくない。安全な場所にいてほしいんだ」

「それが本当は辛いことだって、泰波は知ってるはずでしょ……？」

泰波は、さらに強く彩琳を抱きしめた。見上げた泰波の瞳《ひとみ》に、暗い寂《さび》しさが宿っている。

「俺が置いて行かれた時とは違う。俺が君の側にいられる。……全部忘れて、俺といて。悲しい思いなんてさせない。俺に君を守らせて」

ぐっと顔を歪《ゆが》めて、彩琳は泰波を突《つ》き飛ばす。

「蘇司山の力で守られたくなんかない」

泰波の顔から、表情が消える。その目が、声が、苦痛に歪んだ。

「今まで、自分の命さえ無事ならいいと思ってた。自分以外の誰かがどうなるかなんて、興味もなかった。…………今は違う。自分なんかより、彩琳が大事だ。守りたいんだ」

もう一度歩み寄ろうとした泰波から、彩琳はふらつく足で距離《きょり》を取った。

伸《の》ばしかけた手を止めて、泰波は一度顔を覆《おお》うと、力なく手を下ろす。

「……辞退するなら、七日後までに官吏《かんり》に言うんだ。それまでなら、間に合う」

泰波は、それ以上は何も言わずに部屋を去った。彩琳は自分の体を抱きかかえ、膝《ひざ》をつく。

たった一人になってしまった。

心が追いつかないほどあっという間に、全てのものが無くなった。

後悔《こうかい》はない。

彩琳はもう役には立たないのだから、共にいて足を引かれるよりは、この方がいい。

私室で几《つくえ》に向かい、配下が得た情報の報告を読んでいた。

今回の宴は、蘇司山に開かされたのだ。央蓮の寵姫だと周囲に印象付けてから、大きな宴で失敗させる。

――二度目の宴の時点で、蘇司山は動き始めていた。

労《ねぎら》いのための宴は、成功か否《いな》かで政治的に大きく影響《えいきょう》はしないが、列席する官の位はそれなりに高い。失敗しても失うものは少なく、成功で得られるものは多い。蘇司山がいるとはいえ、主賓《しゅひん》ではない。だから飛びついた。いや、飛びつかされた。

過去主導した件での列席で、今は御史台《ぎょしだい》にいないとはいえ、あの場ではすでに最も位が高くなっている蘇司山の言を、無視できるものはいない。だから、内人の試験を提言した。

蘇司山の前で、彩琳を貶《おとし》められて怒《いか》り狂《くる》った。あれが無ければ、今、彩琳はここまで目を付けられていなかったのかもしれない。様々な後悔が渦巻《うずま》く。

――彩琳の足を引いたのは、むしろ私ではないか。

いずれにしても、手を切ったのは正しいのだ。自分にそう言い聞かせ、茶を一口飲んだ。

——普通《ふつう》の、茶だ。

そう思った時に、取り返しのつかない喪失感《そうしつかん》を覚えた。

二度と、あの部屋で、あの茶を飲むことはないのだ。歩揺《ほよう》が揺《ゆ》れる、澄《す》んだ音を聞くこともない。これから先、央蓮が歩まなくてはならない道のどこにも、彩琳はいない。

それは、初めて感じた痛みだった。自分の手のひらを見つめる。抱き寄せたときの小ささや、後頭部の丸みを思い出す。体温や、微《かす》かに香《かお》った甘い匂《にお》いも。

——そうか。私は、愛《いと》しかったのだ、彩琳のことが。

よく笑い、よく怒り、すぐに泣く。表情豊かで、騒《さわ》がしくて素直《すなお》で、弱いのに思わぬことを成し遂《と》げる力を持つあの少女が、ずっと愛しかったのだ。

思い出を消すように、拳《こぶし》を強く握《にぎ》った。その拳を、几に叩《たた》きつけた。

報告書に記されているのは、姫瑾秀のことだ。彩琳の父は、蘇司山の不都合を握って殺されたのだと思っていた。そんな甘い、平凡《へいぼん》な考えしか持てないから、出し抜《ぬ》かれた。

——姫瑾秀は、ただ、殺すためだけに殺されたのだ。

姫家は典型的な地方の旧貴族だ。国の支配者が赫一族に替《か》わり、煌という国が興《おこ》る前から、地方の古い貴族は自分たちの本拠地《ほんきょち》となる州の支配者として立っている。異民族や、旧貴族の領地に住む民《たみ》は、支配者が替わることに強い反発を覚える。だから国側も、その一族を刺史《しし》などの支配者に任命せざるを得ない。煌が滅《ほろ》び新たな天子を戴《いただ》くことになっても、その手の貴族は変わらず自分たちの土地の支配者であり続けるだろう。歴史と照らし合わせれば、皇帝《こうてい》の赫一族よりも家の格は高いのだ。姫家も数百年と続く名門である。

彼らは中央政治だけでなく、自分の領地以外への関心が薄《うす》い。中央の官である蘇司山と対立する理由など見当たらない。

調べれば調べるほど、確信が深まる。

姫瑾秀は縁戚《えんせき》が弱かった。妓女《ぎじょ》を妻とし、他《ほか》には誰《だれ》一人妻を迎《むか》えず、そのことで一族との関係は悪化していた。姫瑾秀が捕《つか》まっても、それをかばう能力を持つ者も、かばうことで利益を被《こうむ》る者もいなかった。

蘇司山は、家格の高い貴族のうち、ただ一番殺しやすい貴族を殺したのだ。国に叛意《はんい》を向ければ高位の貴族でもこうなるという示威《じい》のために、殺してもいい貴族を探し、ありもしない罪で粛清《しゅくせい》してみせた。

謀大逆《ぼうたいぎゃく》という罪で家族まで連座にしたのも、見せしめのためではないのか。

手のひらに血が滲《にじ》むほど、拳を強く握った。

これを許してはならない。自分の欲《ほっ》する美しい煌が、こんな国であってはならない。

――もう、彩琳との道は交わらないだろう。

その方がいい。だが、あの宴《うたげ》で、央蓮の天地は、確かに覆《くつがえ》ったのだ。

『人を見出《みいだ》すのが、あなたの仕事でしょ？』

あの言葉で、央蓮は、彩琳に見出された思いがした。

「復讐《ふくしゅう》は、私が代わりに果たす……彩琳」

好きなものは、余さず手に入れねば気が済まない質《たち》だった。だが、自分の手のうちで彩琳を傷つけるくらいなら、どこかで健《すこ》やかである方が、ずっといい。

復讐という言葉で、彩琳をこれ以上縛《しば》ってはならない。あの小さな手は、血に汚《よご》すためではなく、美しいものを作るためにあるのだ。人を喜ばせて、美しいものに囲まれて光の下で生きていくべきだ。

央蓮は、一度苦笑《くしょう》した。間諜《かんちょう》としては、あまり役に立たない娘《むすめ》だった。ただ、央蓮がまだ望みを繋《つな》げていられるのは、彩琳のおかげだ。彩琳が打算なくやったことが、人の心を動かした。美しい宴で少女を祝ったことが、揚安からの情報に繋がったように。

——そして、もう一人。

官吏からの文《ふみ》を開く。蘇司山と対立し、閑職《かんしょく》に追いやられている男だった。

『もしあの方が覚えてくださっていれば、この言に耳を傾《かたむ》けてくれるかもしれません』

本当にこの官吏の名が意味を持つなら、状況《じょうきょう》を覆せるかもしれない。

これからは自分一人でいい。遠くから彩琳を守りながら、いつか彩琳の父の罪を雪《そそ》ごう。

彩琳が央蓮にくれたものは、小さな言葉や、夢のような宴や、不思議と温かい味の茶。ずっとこの手の中に握ってはおけない、形のないものばかりだ。

だが、これから幾度《いくど》となく、その美しい思い出は、一人で歩く央蓮の心を慰《なぐさ》めるだろう。形なく、とても儚《はかな》く消えてしまう美しさがあるということ。それを知ったことで、央蓮は確かに変わった。自分の手のうちにないからこそ、それは貴く、慈《いつく》しむべきものなのだ。

「私は、必ず皇帝になる」

それは央蓮の決意であり、この手に入れることの叶《かな》わなかった、寵姫《ちょうき》への礼でもあった。


目を伏《ふ》せて、弦《げん》を弾《はじ》く。その震《ふる》えを、耳で、肌《はだ》で、感じ取る。いつも、水を想《おも》って琵琶《びわ》を弾く。

雨粒《あまつぶ》、波紋《はもん》、川の流れ、朝露《あさつゆ》の輝《かがや》き、井戸《いど》の冷たさ、滾《たぎ》る湯、濁流《だくりゅう》。

——何で……。

いつものように、思い通りの音が出ない。泰波は長いため息をついた。

夜は、一つ所で寝《ね》ない。色々な女性の所を転々としたり、昼の間にどこか適当な場所で眠《ねむ》ったりが常だった。今はただ、誰ともいたくない。

——彩琳以外の人と、いたくない。

でも、彩琳には拒絶《きょぜつ》されてしまった。

退官した宦官《かんがん》は、泰波がある程度の年齢《ねんれい》に達してから、琵琶を教わるという理由を付けて、泰波に王族としての教育を施《ほどこ》してきた。喜花坊《きかぼう》勤めの、未《いま》だ退官していないのが不思議な老官《かん》吏《り》も、泰波と母に便宜《べんぎ》を図《はか》ってきた。そのことを、感謝はしている。だが、泰波を皇籍《こうせき》に戻《もど》してどうなるというのだ。顔が似ていようと、泰波は先帝《せんてい》ではない。仮に先帝と同じことが泰波に出来たとして、それが良い時代だと言えるのか。版図を広げ国を豊かにした裏で、継承《けいしょう》争いのために多くの血を流した治世が。

別に、泰波は王族として生きたいと思ったことはない。ただ、教えを受けに行けば少しの間喜花坊から出られた。

――それと、母の言ったことを守るためには、あの人の教えが必要だった。寝る場所や時間は定めない。寝首《ねくび》を掻《か》かれないようにだ。毒や呪物《じゅぶつ》を部屋に仕込まれにくいよう、部屋にはほとんど物を置かない。

女性と共寝《ともね》をすれば、官吏の弱みや秘密を知れることもあった。この容姿を欲しがる人は多かったから、そういう相手に自分を好きなように扱《あつか》わせてきた。あるいは教坊の物陰《ものかげ》で、人の秘密を漏《も》れ聞いた。知った不正や悪意には、目を瞑《つぶ》って生きてきた。自分の命を守るためだけに、情報を集めた。母が守れと言った命だけがこの体の中にあって、それを守り続けようと思えば、泰波の自由になるものは、あまり残っていなかった。

——これだけが、俺の思い通りになる。

琵琶を弾くことだけが、この音色だけが、泰波の意思の下《もと》にあった。心のままになる、たった一つのものだった。

今は、その音さえ思い通りにならない。

泰波は、以前彩琳に弾《ひ》けないと嘘《うそ》をついた曲をつま弾く。母が皇帝の寵を得るきっかけになった曲だ。だから、この曲が大嫌《だいきら》いだった。

あの子が欲しいと思ったことが、何かを望んでしまったことが、この結果を招いたのか。

——いや、罰《ばち》が当たったんだ。俺が自分だけを守って、色々なことに目を瞑っている間に、

彩琳の家族のように傷ついてきた人がきっと沢山《たくさん》いたのに。

自分を見つけてくれた彩琳が好きだ。あの子が楽宮でなくても、彩琳のことが好きだ。そのままの彼女でいてくれるだけでいい、生きていて欲しい。

今まで持ちえなかった強い願いを、叶える力が自分にはない。

もし、自分に何かの力があって、能力には責任が伴《ともな》うのなら、これからはそれを果たしたい。

そうすることで、大切な人を守る力を手に入れたい。

——彩琳を、俺だけのものにしたい。あの子を守りたい。

そのために、何をすべきかはわかっている。

泰波は琵琶をしまい込んで部屋を出た。

しばらく後、教坊の一室の戸を叩く。老いを感じる嗄《か》れた声が泰波を中へ招く。

「……蘇侍郎《じろう》に、連絡《れんらく》を取りたい」

泰波の声に、老人は嬉《うれ》しそうに拱手《きょうしゅ》した。

もう何日、こうして部屋に籠《こも》っているだろう。

涙《なみだ》すら出なかった。

灯火のない部屋は暗い。もう夜なのだろうか。

辞退を伝える期限が近づいている。やるかどうかを悩《なや》んで、こんな風に過ごしているのではない。備品は壊《こわ》され、人は去り、ずっと支えてくれた人たちも自分の側《そば》にはもういない。宴なんて出来るわけがない。

それでも、口に出してしまったら、本当にすべてが終わってしまう。

目的も、してきたことの意味も、何もかも無くなった後のことを考えるのが怖《こわ》かった。まともなことなど何も考えられないのに、失ったものばかりが瞼《まぶた》の裏に浮《う》かんでくる。

父、母、二人の楽と歌声、温かな家と麗《うるわ》しい故郷。

癒《い》えることの無い傷が、ずっと彩琳の胸を痛ませる。

ここで得た復讐という目的も、父の罪を雪ぐという希望も、仕事も、仲間も、もう何もない。央蓮には切り捨てられ、泰波の腕《うで》を拒《こば》んだ。令霞も、あの日彩琳を変だと言って去ってから、一度も会っていない。槇槇からは、仕事に関する事務的な文が一度届いた。

自分の中に何が残っているのか、探しても見つからない。

牀《しょう》でゆっくりと眠ることすら今の彩琳は出来ずに、榻《とう》にくずおれて過ごした。

痛む胸を抱《かか》えたまま、ぼんやりとしていた彩琳は、その音に気づくまでしばらくかかった。

戸を叩《たた》く、控《ひか》えめな音がする。

「……開いてるわ」

ずっと話していなかった彩琳の声は、小さく掠《かす》れている。しかし、戸はそっと開いた。

青い目にたっぷりと涙を湛《たた》えた令霞が、裙《くん》をぎゅっと握《にぎ》りしめて立っていた。

「彩琳、来て」

ぐっと涙を堪《こら》えた令霞が、榻の側に立って彩琳の手を引いた。素直《すなお》にその手に従ったのは、抗《あらが》ったり何かを話す気力が、彩琳に無かったからだ。

ふらつく彩琳の手を引いて、令霞は何も言わず、振《ふ》り返らず、教坊へと歩いて行く。

暮れたばかりの青紫《あおむらさき》の空に、小さく白い星が散っている。いつもは美しいと思うその空に、心が動かない。

令霞が立ち止まったのは、教坊の裏の庭だった。何度も令霞と二人で稽古《けいこ》をした、あの場所だ。布にくるまれた琴《きん》があった。令霞が包みを広げて、彩琳を座らせる。

「弾《ひ》いて」

令霞をぼんやりと見上げる。怒《おこ》っている。初めて見る顔だ。

「彩琳、弾いて」

言われるままに、力の入らない手で、弦を押さえて、弾いた。音が小さい。

星の下で、令霞は一度両手に顔を伏せ、長く強く息を吐《は》き出した。自分の胸の中の想いを、一度全《すべ》て押し出してしまうように。

隠《かく》されていた顔を上げると、その瞳《ひとみ》は、その青い色そのままに澄《す》みわたった光を宿していた。

ゆっくりと、静かに、習い覚えた音が鳴る。

令霞の腕が、脚《あし》が、高く上がる。長い髪《かみ》が、広がった。

琴を弾いて微《かす》かな音を立てながら、彩琳は踊《おど》る令霞をただ見ていた。

ずっと二人で、ここで、こうしてきた。

楽しそうに踊る令霞を見るのが、楽しかった。きれいだった。きれいできれいで、それだけで、胸が一杯《いっぱい》になった。

琴の音が、大きくなった。指がうまく動かなくて、音が外れる。令霞の踊りが、よく見えない。涙で、歪《ゆが》むから。

もう曲になっていない、それでも、琴を弾き続ける。涙で、ちゃんと見えない。それでも令霞を見つめ続ける。令霞が踊れたのは、遠くからわずかに重なる、琵琶《びわ》の音のおかげだった。

空が濃紺《のうこん》に変わって、星がより強い銀の輝《かがや》きになったころ、曲は終わった。

令霞が彩琳の目の前に跪《ひざまず》いて、自分の被帛《ひはく》で彩琳の涙を拭《ぬぐ》った。はっきりした視界の先で、令霞も泣きそうになっていた。

「……彩琳、ごめんね。あたし、あたしね、彩琳のこと大好きだから、喧嘩《けんか》するのが怖かったの」

ぽろっと、青い目から大粒《おおつぶ》の涙が零《こぼ》れる。

「彩琳、あたしが踊る時、いっつも『どんなふうに踊りたい？』って聞いてくれたよね。それで、じゃあこうした方がきれいだよって言って、二人で踊りを作ったよね」

涙が混じった声で、令霞は彩琳にまっすぐに言葉をかけた。

「前の宴《うたげ》で……彩琳は、本当にああしたかった？　今度の宴を、ああやって作りたかった？」

首を、横に振った。

「ただ、周りに気に入られること、しようとしてなかった……？　彩琳のしたいことじゃなくて、誰《だれ》かに気に入られるためだけの、宴じゃなかった？」

そうだ。誰からも文句が出ないように、そればかり考えるようになっていた。ただの、目的のための手段に、してしまっていた。

令霞の手が、彩琳の胸の真ん中に触《ふ》れる。

「誰が褒《ほ》めてもけなしても関係ないんだよ。彩琳の、ここが、『いい』って思うことじゃなきゃ、駄目《だめ》。誰かに気に入られるために、彩琳の気持ちを全部消しても、相手の気持ちを考えないで彩琳の気持ちだけ押し付けても、分かり合えない。そうやって誰かに気に入られても、あたしたち、結局自由になれないもの」

こらえきれずに、熱い涙が湧《わ》き上がる。

知っていたはずのことだった。

『ねえ、彩琳。忘れてはいけないよ。着る物や住む家や肩書《かたがき》、見た目がどれだけ違《ちが》っても、同じ人と人でしかないんだ。だから彩琳は、いつも彩琳のままでいなさい』

一番、大切にしなければいけないはずのことだった。

『偉《えら》ぶることも、卑屈《ひくつ》になることもない、彩琳のままで、人に敬意を持って生きていけばいい』

——父上。

『人と人は分かり合えないこともある。それでもね、最初からそれを諦《あきら》めたくはないんだよ』

復讐《ふくしゅう》のためだといって、大事なものを、打ち捨てそうになっていた。自分を殺して人に媚《こ》び、分かり合うことなど考えもしなかった。御史台《ぎょしだい》の官吏《かんり》の言葉に傷ついた時、彩琳自身も、相手を同じ人と思うのを、きっとやめていたのだ。

「ねぇ、彩琳はどうしたい？」

いつもと反対に、令霞が聞いた。彩琳の瞳には、まだ不安が揺《ゆ》らぐ。

「でも、わたし、なんにもできないの。ずっと、何もできてなかった」

復讐も、目標も、央蓮に与《あた》えられて、自分では舞台《ぶたい》に上がることもなく、人の力を借り続けてきただけだったのだ。それに今、気が付いた。

「違うよ、彩琳。彩琳は、自分では何にも出来ないかもしれないけど、本当は、なんでもできるんだよ。彩琳は、誰かの気持ちを汲《く》んで、一緒《いっしょ》に何かしようって言ってきたよね。踊れなかったあたしに一緒に稽古しようって、宴に出ない泰波に手伝って、って。それって、誰かと助け合える力でしょ？　だからね、本当は何でもできるんだよ。誰かと一緒なら」

令霞が彩琳の髪を撫《な》でて尋《たず》ねる。

「次は、誰の、どんな宴？」

「……仲の悪い、刺史《しし》二人。失敗したら、治水の予算や、労役《ろうえき》のことでもめるわ」

そう答えて、彩琳は気が付いた。これは、自分の内人の試験だけれど、それだけではない。

「成功したら？」

「理不尽《りふじん》な思いをする人が、……きっと減る」

これは、国が決めた事業に協力する州を代表する刺史に感謝し、成し遂《と》げてくれるよう改めて頼む場なのだ。

「でも……」

令霞が、まだためらう彩琳を見て笑った。

「彩琳、言って。『でも』じゃなくて、彩琳がどうしたいか言って。あるよね？」

一度、息が途切《とぎ》れた。そっと吸って、令霞に打ち明ける。

「宴を、やりたい。誰かと分かり合えるって、わたしにできることがあるって、信じたい」

まだ間に合うのなら、もう一度、宴を作りたい。復讐のためでも、父の罪を雪《そそ》ぐためでもない。彩琳が、これからの自分と、明日より先の世界のことを、信じられるように。

今、わかった。父の名誉《めいよ》を取り戻《もど》すことは、記録を墨《すみ》で書き換《か》えることなんかではない。彩琳が誇《ほこ》りに思う父母の生き方を、自分も生きることだ。

「一人で、どこまでやれるかは、わからないけど……」

それでも、もう迷いたくない。令霞の青い瞳が、彩琳を覗《のぞ》きこんだ。

「彩琳は自分には何も出来ないって言ったけど、あたしは踊りしかできないの。だから、彩琳の代わりに、あたしが踊る。彩琳が伝えたいこと、代わりに伝える。彩琳の心が、あたしにはわかるから。だからお願い、一緒にやらせて。あたしたちが無力じゃないって、信じさせて」

宴をやりたい。

だが、出来るだろうか。こんな大きな宴で、いがみ合う刺史たちに、自分の心を伝えられるだろうか。みんなと違って、歌舞《かぶ》も楽器も出来ない自分に。

足音が聞こえて、その方向に顔を向ける。槇槇だった。彼は二人が泣いているのに気づいて、

不安そうな顔をしながらも、懐《ふところ》から紙を出す。

「彩琳、これ……」

立ち上がって受け取った。それはきれいな、でも幼いのがわかる筆跡《ひっせき》の手紙だった。

『夏にお母さまの誕生日があります。私の時のような、夢みたいなお祝いにしてください』

彩琳の手の中には、何もないのかもしれない。

でも、この手で、確かに為《な》せたことがある。

不安そうな槇槇が、こっそりと彩琳に聞いた。

「……令霞と、仲直り出来た？」

彩琳は、大きく頷《うなず》いた。

「よかったぁ〜……」

心底ほっとした声で、泣き笑いのような表情を浮《う》かべた槇槇は、令霞に両手を広げた。

「リハーム！」

「マキネ！」

令霞は駆《か》けて来て、槇槇に飛びついた。

異国で生まれた二人が、この国の小さな一角で出会って、互《たが》いを呼び合って笑う。

彩琳は、春雲王女の文《ふみ》を、強く握《にぎ》りしめていた。

人はいがみ合う。傷つけ合い、殺し合い、憎《にく》み合う。

——でも、それだけじゃない。

まっすぐに前を見た。

——わたしたちは、きっと、分かり合える。

年齢《ねんれい》も、性差も、民族も、身分も越《こ》えて。

——心は伝わる。わたしたちは、越えられる。

「央蓮」

ここにいない人に、彩琳は言った。今からはただ、自分が本当にやりたいことを、そして誰かのために為すべきことをして行こう。

「わたし、やるわ」

もう会うことはないかもしれない。でも、確かに彼は、彩琳にこの気持ちを与えてくれた人だから、星空の下で、彩琳は央蓮の名を呼んだ。

八　月下の夜宴

彩琳は、衫《さん》も裙《くん》も、着るのをやめた。男女兼用《けんよう》の、ゆったりした胡服を纏《まと》う。かわいいし、動きやすい。もう、寵姫《ちょうき》らしくと人目を気にして着《き》飾《かざ》らなくていい。今は、自分一人で立って歩きたい。だから、自分が好きな服で、仕事をしようと思った。

次の朝から、彩琳は一日中、喜花坊《きっかぼう》の家の戸口を叩《たた》き続けた。前回の宴に出た楽宮、今回の宴で去った楽宮、その全《すべ》ての家を回った。

全ての家で、彩琳は、意図をちゃんと説明せず指示だけをしたこと、会話を持てなかったこと、自分が目の前の人を見られなくなっていたことを謝った。そして、その楽宮のどこに惹《ひ》かれて出てほしいと思ったのかを説明し、改めて頭を下げた。

怖《こわ》かった。自分の犯《おか》した間違《まちが》いや未熟さに向き合うのは、痛みを伴《ともな》う。だが、そこから逃《に》げれば、結局後でまた間違いを犯してしまう。

もちろん、謝罪を受け入れてくれた人ばかりではない。単純に、別の宴が入ってしまったために断った人もいた。

それでも、何人かは、戻って来てくれた。

『そこまで考えてあたしを選んだと思わなかったの』

『……まぁ、そこまで言うなら一回だけ折れてやる』

色々な理由だったが、彩琳は心から感謝した。

しかし、物も人も足りないことには変わりなかった。衣装はぼろきれと化し、調度はもう焚《た》きつけにしか使えないような、無残な木《こ》っ端《ぱ》になってしまっている。

それは後から何とかするとして、とにかく歌舞を決めることにした。

自分の胸にそっと触《ふ》れる。令霞が、彩琳に気づかせてくれた、大切なことだ。

「……みんなは、どんな風にやりたい？」

みんなは、彩琳は、どんな気持ちで何を伝えたいのか。刺史たちは何が見たいのか。どちらか一方の心だけに添《そ》って媚《こ》びたり押し付けたりするのではなく、互いの間にある、通じ合える一点を探していく。

みんなは何が得意なのか。踊《おど》りでも、激しいものが得意か、緩《ゆる》やかなものが得意なのか。歌は旋律《せんりつ》を歌い上げるのが得意なのか、詩や情感を伝えるのが得意なのか。

そうしてすり合わせた思いを伝えるには、どうしたら一番効果的なのかを考えるのが、彩琳の仕事なのだ。

頭の中で決めた印象に人を当てはめていくのではなく、目の前の彼らの良さが一番きれいに出るように、宴を作ろう。

そして、彩琳は令霞に踊ってほしかった。全て失った彩琳を救ってくれた令霞の踊りを、次の宴の一番の花として、組み立てたかった。

――でも、これだけじゃ、欠けてる。

彩琳は何かを探すように首を巡《めぐ》らせていた。

「もう！」

一人でぷんすかと怒《おこ》りながら、またうろうろと教坊を彷徨《さまよ》い歩く。

しばし立ち止まってはまた確かめるようにあちこちを見て、太い木の下で立ち止まった。

「泰波！」

彩琳の手が、木の幹を叩く。応《こた》えはない。彩琳はむっと口元を曲げると、木の幹にしがみついた。登るのかと思いきや、渾身《こんしん》の力で木を揺《ゆ》する。幹はびくともしないが、込めた力は伝わるのか、枝がざわめく。

「……危ないよ」

茂《しげ》った葉の間から、声だけが聞こえた。どれだけ上まで登っているのだろう。

「降りて来て」

しばらくの沈黙《ちんもく》の後で、声だけがまた降ってきた。

「どうして、断らなかったんだ。……もう、宴をやるしかない。失敗したら危ない目に遭《あ》うかもしれないよ」

「でも、わたしもう央蓮の寵姫じゃないわ」

央蓮との関係が断《た》たれたことは、すでに喜花坊中の噂《うわさ》となっていた。

「わたしが姫家の娘《むすめ》だと知られてないなら、なんとかなると思うの」

「……ばれてるかもしれないよ」

「だったら、宴を成功させるだけね」

ガサ、と上から葉擦《はず》れの音がした。

「蘇侍《じ》郎《ろう》の力で守られるのが嫌《いや》なら、俺と一緒《いっしょ》に逃げない？　……俺は、君の手を離《はな》したりしないし、大切だからって言って、置いて行ったりしない」

俺は、と言った。誰《だれ》と比べているかはわかった。泰波は彩琳に、幼い頃《ころ》の自分を重ねている。

「泰波……、わたしね、令霞に教えてもらったの。誰かに評価されることと、自分で自分をいいって思えることとって、似てるようで多分違《ちが》うんだわ。誰かに自分の評価を預けきってしまったら、きっと駄目《だめ》なの。だってわたしたち、誰のものでもないんだから。最後には自分で自分を救わなきゃいけないのよ」

葉擦れの向こうで、泰波はどんな顔をしているだろう。

「小さい頃のあなたの代わりに一緒に逃げて、あなたがわたしを守ってくれたとしても、わたしはきっと、泰波を救ってあげられない。……泰波、わたしを守ってくれるなら、蘇司山の力を頼《たよ》るんじゃなくて、一緒に逃げるんじゃなくて、他《ほか》の方法をとってほしいの」

泰波は、応えてくれるはずだ。だって彩琳は、彼の琵琶《びわ》の音を頼りに、ここにたどり着いたのだ。微《かす》かで、とぎれとぎれに鳴るその音は、彩琳が迷うと、また鳴った。

彩琳を、呼んでいた。この人の本当の想《おも》いは、幼い自分を慰《なぐさ》めるために他の誰かを救うことでも、権力を握《にぎ》れる皇太子となることでもない。

この音を、誰かに届けることだ。

「次の宴で、琵琶を弾《ひ》いて。あなたの音が、必要なの」

世の中、優《やさ》しい人はたくさんいて、泰波も、そういう優しさを自分の身に受けながら生きてきた。例えば、多くの女性は、泰波の見た目に優しい。先帝《せんてい》と関《かか》わりのあった人たちは、泰波の出自に優しくしてくれた。あとはただ親切な人というのも、結構たくさんいる。

――でも、必要とされたことはなかった。

泰波自身をこんな風に必要とされたことはなかった。

それでも、木の幹を背に、泰波は何も言わずにいた。

先程暴《さきほどあば》かれた自分の幼さに、まだ愕然《がくぜん》としていた。

確かに、そうだった。泰波は、独りぼっちだった自分と、色々なものを失った彩琳を重ねていた。だから、自分のものにしてしまいたかった。よく似ている。二人で一緒にいれば、きっと寂《さび》しさを埋《う》められると思った。

「……蘇侍郎とつながりのある俺を、奏者に選ぶの？」

「あなたの音じゃなきゃ駄目なの。令霞の踊りに合わせるなら、絶対に泰波の琵琶がいい。同じだけの技術と心を持ってる二人に、やってほしいの」

琵琶を弾けと、母は言った。何かに会えるからと。

——何に会えると言ったっけ。

「わたしね、泰波の琵琶が大好き。水の音がする。水面は凪《な》いでるのに、確かに流れてる河みたい。均一に揃《そろ》った雨の粒《つぶ》が、葉っぱの上をころころ転がるみたい。重たくて止《や》まない雨みたい。透明《とうめい》な沢《さわ》のせせらぎみたい」

彩琳の声で、周囲の音が消えた気がした。

『阿泰もいつか知音《ちいん》に会えるでしょう。母があの方に会ったように』

——知音。

友や深い理解者を表す言葉だが、楽を志す者には、もっと率直《そっちょく》に響《ひび》く。

音を知る人。自分の奏《かな》でた音を、知って、わかってくれる人。

自分の意思の下にある、たった一つのものだ。だから琵琶の音は、泰波にとって心に等しい。

あの時置いて行かれたままの泰波の手を、たった今、彩琳が握ってくれた気がした。

——俺の音は、この子に届いていたんだ。

今こうして、彩琳を自分の知音だと思えることが、琵琶を弾き続けてきた自分への答えなら、泰波は、自分自身を救ってやれる気がした。その力があるのだと思えた。

——今までよりずっと、今までとは違う気持ちで、彩琳が好きだ。

泰波は、今までずっと隠《かく》れていた木の幹から降りて、彩琳の前に立つ。

初めて、土を踏《ふ》みしめ日の下に立ったような気がした。

「……彩琳、今までの俺じゃなくて、これからの俺を、見ていてくれる？」

彩琳が泰波をまっすぐに見上げて、頷《うなず》いた。歩揺《ほよう》の澄《す》んだ音が、耳に届く。

「これからの俺を、彩琳に見ていてほしいんだ。………次の宴《うたげ》で、琵琶を弾く。俺に、弾かせてくれ」

彩琳は表情を引き締《し》めて、「ありがとう」と言って礼をした。彩琳を見つめる。

この子を守るために、あの人の力を借りなければならないことを苦しく思った。

屋外での、夜宴《やえん》であった。

「豪勢《ごうせい》ですな」

とりあえず、そう褒《ほ》めておいた。夜宴は、灯《あか》りが最も高価だ。だから通常宴席《えんせき》は昼から始まり、夕方にはお開きになる。警護の武官が、遠くの暗がりに立っていた。

きれいな金色の月が出ていた。

王子の寵姫《ちょうき》を内人にするためという理由で、自分たちの饗応《きょうおう》の席は、なんだか別な意図が働いている。しかも結局、寵姫とは別れたという噂が立っているではないか。非常に宙ぶらりんになったこの状況《じょうきょう》に腹は立つが、ありがたくもあった。

仲の悪い相手との酒宴《しゅえん》がただ開かれるよりも、他の意図が働いているという事実は、なんというか、いい意味で気が散る。

とても静かに宴は進んだ。挨拶《あいさつ》以降、もう一人の主賓《しゅひん》の江楠とは、口を利《き》いていない。大昔、殴《なぐ》り合いになったことがある。理由は、官吏《かんり》であればいつもせめぎ合う、省益か国益か、民《たみ》の益かという点だ。最も優先させるものが合わない相手なのだ。

中書侍郎《じろう》が、宴席の端《はし》で自分たちを見てそっと笑《え》んでいた。

夜宴ゆえ、調度は少なく、香《こう》も焚《た》かない。

古風で地味な卓《たく》に並ぶのは、煌国では見ない色合いに模様の酒器だ。

食事は煌の伝統料理だが、香辛料《こうしんりょう》が多く使われ、食材は、各地の特産ではあるが普通《ふつう》は一緒に使わないものが、同じ皿の中で汁《しる》や炒《いた》め物に仕上げられている。各地の特産を使いながら、自分や江楠の治める州の産物は見当たらない。

そして音楽は煌の伝統音楽なのに、踊《おど》りは男性が踊る胡風のものだった。

非常に、ちぐはぐである。煌風なら煌風、胡風なら胡風で、統一すればよいではないか。

何料理と言い難《がた》い料理に合わされた酒は葡萄《ぶどう》酒で、統一感を見出《みいだ》す方が難しい。菜を食べ、葡萄酒を呷《あお》った。

——何杯《なんばい》目だろう。

ふわふわと酔《よ》いが回り始める。

舞台《ぶたい》上では、歌が終わろうとしていた。男性が詠《よ》んだ詩を、女性の楽宮が空に吸い込まれそうな高い声で歌い上げる。よく知った詩が、別のもののように聞こえた。

——変わった宴だ。

ふと、酔いがわずかにさめる。

胡人の美姫《びき》が、舞台上に現れた。淡《あわ》い茶の肌《はだ》をしていて、額や頬《ほお》には白と金で花鈿《かでん》を描《か》き、生成《きな》りを基調とした衣装は踊り手らしい袖《そで》の長いものだ。胡姫《こき》と言えば、薄布《うすぬの》を纏《まと》いくるくると回って舞《ま》うのが普通だが、今のところこの宴席に普通のものが出てきた例《ため》しはない。

――ただ、ちぐはぐというより……。

まだなんと称《しょう》していいか、うまく浮《う》かばない。

もう一人、琵琶を持った男が現れる。こちらは黒一色の異国の衣装で、布で髪《かみ》と顔を隠していたが、布の間から覗《のぞ》く目が変わった色をしていた。

その二人は舞台の上で、客であるこちらには見向きもせずに、勝負でも始めるように向かい合った。

彩琳は、賓客《ひんきゃく》たちの視界の邪魔《じゃま》にならない場所で、ずっと舞台を見つめていた。

夜宴にしたのは、今なら逆に出来ると思ったからだ。彩琳は、もう焚きつけにしか使えないほど壊《こわ》された調度を、本当に燃やしてしまった。捨てればごみになるだけだが、燃やして灯りになれば、こうして豪勢だと言われもする。

両州の産物や文化は、あえて排《はい》した。両者の好みを合わせたものを出されても、むしろ抵抗《ていこう》を感じるかもしれない。好みに添《そ》わせるのではなく、二人の想像の中にない、新しく、よりよいものを作りたかった。

両州が協力して治水事業を終えた後、そんな景色が広がっていればいいと、彩琳は願った。

泰波と令霞が向かい合った。空には丸い月が輝《かがや》いている。

手のひらにじわりと汗《あせ》をかく。緊張《きんちょう》していた。泰波と令霞の間にある緊張感が、周囲に広がる。それはハラハラとした恐《おそ》ろしい感覚ではなく、ただひたすらに澄んで、張りつめていた。

その鏡面のようにまっすぐに整った空間に、一粒《ひとつぶ》の音が落とされる。波紋《はもん》が、静かに広がった。

二人とも、辛《つら》い思いを経験してきた。だから、自分の心の深い場所まで、目を当てて生きてきた。今日は、そこをしっかりと見つめて、捉《とら》えたまま、舞台に立っている。

二人の音は、踊りは、引き絞《しぼ》るような苦しさと鋭《するど》さ、戦うような張りつめた空気を持っていた。

その思いは、技芸を通して、空気に溶《と》ける。見ている一人一人の心の中にも、気づかずにある悲しさと、それは溶け合う。

今、同じ気持ちを共有している。ここにいる人たちの心が、自覚無く近づく。

令霞と泰波が、本気で、全力で向き合うだけで、圧倒《あっとう》される。稽古《けいこ》の度《たび》に、激しくなるようでさえあった。諍《いさか》いなど吹《ふ》き飛ばすほどの強い力があると、稽古の時は思っていた。

——でも、これは。

稽古の時に見たものから、彩琳の意図から、二人は離《はな》れていく。違《ちが》う、もっと高い場所へ、昇《のぼ》っていく。

戦うようだった二人の舞楽《ぶがく》は、互《たが》いの音に、動きに触《ふ》れ、通い合い段々と一つになっていく。音と動き、どちらも欠くことのできない一つのものになっていく。

令霞が、楽のように高い音で歌い、月に触れるように跳《は》ねた。

踊ることのはじけるような喜びが溢《あふ》れて、周りからも歓声《かんせい》が上がる。目元だけが見える泰波も、金色の月の下で、喉《のど》を反らし笑っている。

きっと、楽宮としては、稽古通りのものを出すことが、良いことなのだろう。

でも、辛い思いをしてなお、生きる煌《きら》めきを発するように溢れ出していく歓《よろこ》びに、彩琳は体の真ん中が震《ふる》えた。悲しくないのに涙《なみだ》が零《こぼ》れた。

軽々と彩琳の予想を超《こ》えた二人の芸に、心に、感動していた。

奔流《ほんりゅう》のような曲の、最後の一音が弾《はじ》かれる。

音の余韻《よいん》も消え切った後、しばらく静寂《せいじゃく》が広がった。

静かな空気の中に、かがり火の木が燃えるパチッという音がした。その音に緩《ゆる》んだ緊張が、歓声に変わる。

大きな声と、打ち鳴らされた拍手《はくしゅ》に、泰波と令霞は視線を彷徨《さまよ》わせた。その視線は彼らを讃《たた》える客席から、徐々《じょじょ》に遠くなって、彩琳と目が合う。

彩琳は、一つ、大きく、頷《うなず》いた。

令霞と泰波は心からやり切った笑顔を見せると、舞台の上で跪拝《きはい》した。

しばし、茫然《ぼうぜん》としていた。圧倒されたあまり、助けを求めるように視線を巡《めぐ》らすと、目が合ったのは、大嫌《だいきら》いなもう一人の主賓、司馬だった。

ただその相手が、自分と同じような驚《おどろ》きを顔に浮かべているのを、頷くような思いでしばらく見てしまった。

ぼうっとしている者もいれば、感じたことを言葉に換《か》えることで消化しようとする者もおり、周囲は不思議な高揚《こうよう》に包まれていた。一人の高官を除いて。

「素晴《すば》らしい舞踊《ぶよう》でした。さすがは央蓮様と縁《えん》のあった楽宮の宴《うたげ》。お二人はいかがでしたか」

自分たちの中にある興奮を、いささかたりとも感じていない顔で、蘇侍郎《じろう》が感想を求めた。

「……驚きました」

言ってから、馬鹿《ばか》のような感想だと思った。司馬が揚《あ》げ足をとって侮《あなど》るのではと恐れたが、向こうもぼうっとしていた。

「司馬殿《どの》はいかがでしたか」

蘇侍郎が司馬にも尋《たず》ねる。司馬がこちらを見て、目が合った。

「私は、まだ貴兄《きけい》が嫌《きら》いだ」

何だ、と思った。宴の感想を尋ねられて、こちらを嫌いだなどと、あまりに無礼だと思った。だが体の中に残る高揚が、怒《いか》りを言葉にするのを遅《おく》らせる。司馬が更《さら》に続けた。

「ただ、ちぐはぐなものがずっと溶け合っている宴だと思いました。……いや、それよりも、ただ良さだけを求めてこうなったようにも見えます。変な料理だが旨《うま》かったし、気づけば酒はかなり進んだ。よく知る詩は別の詩のように聞こえたが、それが嫌《いや》ではなかった」

自分もだ、と思ったが、こいつと同じだとは、とすぐに思い直す。

「異なるものが調和していたからといって、貴兄と分かり合えるとは思われぬ。でも、同じものを旨いと思い、同じものを見て感動することさえ、あり得ぬことだと思っていたのだ」

腹の立つ言葉を、司馬はどんどん重ねていく。このままこいつに主導されるのは恥《はじ》である。

「司馬殿、こちらも同じだ。そちらを信用など出来ない。そなたを嫌いだと思う心に、何の変《かわ》りもない」

蘇侍郎は、不安そうな顔を作って「なんと」と落胆《らくたん》した声を上げて見せるが、目の奥が笑っていた。蘇侍郎から目を逸《そ》らし、司馬を見る。

「だが、そなたと話をしてみたいとは思った。通じる言葉が、あるのかもしれぬと」

そう言った瞬間《しゅんかん》、蘇侍郎の目の奥にあった喜悦《きえつ》が失せた。

最初は互いに目すら合わせていなかった刺史《しし》二人が、今は言葉を交《か》わしている。

遠くの彩琳が、そっと安心した息をつくのを見つめてから、身を引き締《し》める。

蘇司山がいるのだ。この宴を成功で終わらせる気はないだろう。

ぱち、ぱち、ぱち、と手を叩《たた》く音がする。

「これは喜ばしきこと。お二人が不仲だったとは存じませんでしたが、この宴でわずかなりとも溝《みぞ》が埋《う》まったのであれば、それは重畳《ちょうじょう》」

にこやかな司山が、「このまま骨子の話だけでもなさってはどうか」と刺史たちに言った。

江楠が焦《あせ》ったように手を振《ふ》る。

「司馬殿もこちらも酒が入っております。日を改めて」

「ええ、もちろん委細は日を改めて。ですが、人の距離《きょり》は日があくと離れてしまうもの。今打ち解けたこの時に、話すことにも意味があるかと」

宴を引き延ばし、二人を争わせようとしているのは明白だった。

「従前から、予算や労役《ろうえき》の徴発《ちょうはつ》について、ずいぶん歯がゆい思いをされていたでしょう。今ならば歩み寄れるのでは？」

最もぶつかりやすい問題を話題に上げた。このまま彼らの不和を煽《あお》り、決裂《けつれつ》させてこの宴を壊したいのだ。司馬陵建が、蘇司山を見た。

「蘇侍郎……そのような話は今は」

「おや、譲《ゆず》れぬと？　先程《さきほど》のお言葉は、この宴の発端《ほったん》となった央蓮様への気遣《きづか》いから申されたことなのでしょうか」

央蓮の名を挟《はさ》み、この宴の責任を誰《だれ》が負っているか意識させる。

武官姿で立っていた場所から、宴席《えんせき》へと大股《おおまた》に近づいていく。

これ以上、蘇司山の繰《く》り言に自分の名を使われるのは不快だった。

「そうまでして失敗させたいか」

衆目が集まり、賓客《ひんきゃく》たちは驚きの声を上げた。蘇司山の頬《ほお》が、わずかにひきつった。

「……央蓮王子」

驚く彩琳の隣《となり》を通る。何か言いたげな彩琳を落ち着かせるように、一度頷いて見せた。

席の側《そば》に立ち、座る賓客たちを見下ろす。蘇司山は作り笑いを浮《う》かべた。

「武官に扮《ふん》するなど、お戯《たわむ》れが過ぎます。寵姫《ちょうき》との縁は切れたと伺《うかが》っていましたが、宴の成否がご心配でしたか」

「あぁ、あれだけ妨害《ぼうがい》されれば、心配にもなろう。……井槇根！」

井槇根が、武官と共にこちらへやってくる。武官は縛《しば》られた男を引き連れていた。

「蘇司山、この男に見覚えがあるな」

最初に見せた驚きを押し込め、今は平静そのものという表情を浮かべていた。

「いいえ、存じませぬ」

縛られた男が叫《さけ》んだ。

「そんな！　それではお話が違いまする！　私を喜花坊《きかぼう》から近衛へ異動させてくださると仰《おっしゃ》ったからこそ、罪と知りながらやったのですぞ……!!」

縄《なわ》で縛られた男が着ているのは、喜花坊勤めの武官の服装だった。出世を餌《えさ》に、この男に衣装や調度を壊《こわ》させたのだ。

蘇司山が不愉快《ふゆかい》そうに眉《まゆ》を寄せる。

「……央蓮王子、罪人の空言を本気になさったのですか？　罪を逃《のが》れるために人の指示だと言っているに過ぎません。このような子供だましの嘘《うそ》に惑《まど》わされるような方ではないと思っておりましたが。それとも、羅家が左遷《させん》されたことで、私を逆恨《さかうら》みしておいでなのでしょうか」

弁明の最中も、央蓮の評価を下げる言葉を挟んでくる。この男は感情よりも利害で動く。

――だからこそ、利に弱い。……そして、お前は楽宮というものを、最初から侮っていた。

「泰波殿《どの》！」

呼べば、髪《かみ》と顔を覆《おお》っていた布を外した泰波が現れた。蘇司山の顔から表情が消えた。

賓客たちは、何が起こっているのかまだ摑《つか》みかねている者も多かったが、主賓《しゅひん》の二人を含《ふく》めた幾《いく》人かが、泰波の顔を見て息を呑《の》んだ。江楠が、掠《かす》れた声を出した。

「先程、琵琶《びわ》を弾いていた楽宮が……どうして、こんなにも」

先帝《せんてい》と似ているのか、という言葉は出なかった。

「泰波殿は、先帝陛下の子息だ。そのことは側仕《そばつか》えをしていた宦官《かんがん》と、先帝直々の書状で証《あかし》が立っている。継承《けいしょう》争いの最中に生まれたため、楽宮として育てられた」

そう説明し、泰波を見る。彼は懐《ふところ》から、紙の束を出す。

「蘇侍郎は、俺を皇太子として擁立《ようりつ》するため、接触《せっしょく》を図《はか》っていました」

その言葉に、かすかに口角を吊《つ》り上げた蘇侍郎が列席者に向き直る。

「私が、こちらにおられる泰波様に会っていたのは事実です。ですが、このように罪でも暴《あば》くように打ち明けられることでしょうか？　名君と名高い先帝のご子息が、楽宮という苦境に喘《あえ》がれているのを見捨てておくなど、この煌に仕える身として出来ることではありません」

「……それだけなら、確かに罪ではないがな」

央蓮が口を挟むと、司山が振り返る。泰波が一つの文《ふみ》を開いた。

「教坊の官吏《かんり》を通して、蘇侍郎の話を受ける振りをして尋ねてみました。どうやって俺を皇太子に押し上げるつもりなのかと。……最も外戚《がいせき》の家格が高い央蓮王子を、この宴で失脚《しっきゃく》させるつもりだと、はっきり書かれています」

利害で動く蘇司山は、泰波が自分の話を受けるそぶりを見せた時、確実に引き込むため情報を明かした。そして、情報を明かしたのは、楽宮の口からそれが漏《も》れたところで、信じる者はいないと侮ったからだ。

まして、泰波が央蓮と手を組むことなど、思いもよらなかっただろう。

「そんな文が、存在するはずはない……！」

怒りに声を震《ふる》わせる蘇司山に、泰波は笑顔《えがお》で首を傾《かし》げて見せた。

「内容を伝えたら、俺には渡《わた》さず焼き捨てるよう官吏に伝言したから？　教坊の下級官吏なら、中書侍郎《じろう》の命に従って当然と思いましたか。それとも、楽宮の俺にこんなことをする能はないと思っていましたか？　彼らは元々、先帝の命で俺を庇護《ひご》してきた。貴方《あなた》と、俺の言うこと、どちらを聞くかなんて、明白でしょう」

蘇司山が、泰波を睨《にら》み上げていた。刺史たちの目には、はっきりと蘇司山への疑いが浮かんでいる。

「央蓮王子は、泰波様と共に、私たちを謀《たばか》ろうとしています。書など器用なものがいれば筆跡《ひっせき》をまねることも出来る。この言の証人となるのは、教坊の下級官吏だけです。先帝の子息とはいえ、望まず卑《いや》しい育ちをされた泰波様は、私を恨《うら》む央蓮王子に、唆《そそのか》されてしまったのでしょう。この場で、最も信じられるべきは、中書侍郎の私だと、皆様《みなさま》おわかりのはず」

泰波の持つ証拠《しょうこ》も、央蓮が握《にぎ》ったとある書簡も、こうして言い逃れられる可能性はあるとわかっていた。

江楠が、困惑《こんわく》しながらも口を開く。

「……先程琵琶を弾《ひ》く姿を見た。この方が人を謀るとも卑しいとも、私には思われぬ」

だが、衆目の中で蘇司山がしてきたことを曝《さら》し、央蓮たちの言葉への信頼《しんらい》を少しずつ積み上げてきた。

――この文は、賭《か》けだ。

蘇司山と対立し、閑職《かんしょく》に追いやられた男の文だ。腹いせの讒言《ざんげん》と切り捨てられるかもしれない。

泰波と央蓮が持ち寄った証拠は、真っ当な手段で訴《うった》え出れば、却《かえ》って権力の中で握りつぶされる可能性があった。そして裏から個人的に官吏や貴族を頼《たよ》れば、もっと陰惨《いんさん》な方法で闇《やみ》へと葬《ほうむ》られていたかもしれない。

この、公でも私でもある場に、央蓮は賭けた。

「蘇司山、お前のしてきた悪事について、王小懐《おうしょうかい》という官吏が、細かな記録を残している」

その名を聞いて、蘇司山は笑い出した。

「馬鹿《ばか》なことを！　私の出世を妬《ねた》んだ者の妄言《もうげん》です。王小懐などという閑職の官吏の言うことを、誰が聞くというのですか」

王小懐の名を、あの男が覚えているかはわからない。

泰波と央蓮は、一度視線を合わせる。互《たが》いに、蘇司山を追及《ついきゅう》する危険は承知の上だった。

――だが、呼ばれていない宴《うたげ》に闖入《ちんにゅう》してこれだけ騒《さわ》いだのだ。このまま宴が失敗しても、責は彩琳でなく私にあると、皆《みな》が証してくれるだろう。

静まり返った宴席の中で、央蓮はそっと息をつく。諦《あきら》めではなく、覚悟《かくご》を決めるために呼吸を整えた。彩琳だけは、必ず守る。

震える声が、沈黙《ちんもく》を破った。

「……王、小懐？」

司馬陵建が央蓮に歩み寄ってきて文を見つめた。茫然《ぼうぜん》と、紙の表面を撫《な》でる。

「あの方は、私怨《しえん》で偽《いつわ》りなど申さぬ。……何年経《た》とうと、そんな風に変わる方ではない」

蘇司山が目元を歪《ゆが》める。

「王小懐に、高官の知り合いなど……」

「会ったのは一度だけだ。……央蓮王子、この文を、私に預けていただけませんか」

蘇司山が、声を荒《あら》らげた。

「地方官風情《ふぜい》が、それをどうするつもりだ！」

「……私はどうもせぬ。ただ、私の義兄《ぎけい》は刑部《けいぶ》にいる。ここで起きたことも、ここにある証拠も、貴兄《きけい》に握りつぶさせはしない」

司馬はその文を懐に入れた。江楠が立ち上がって武官を呼ぶ。

「蘇侍郎《じろう》をお送りしろ。……こちらからも、この件について奏上する。潔白だと言うのなら、正面から調べを受けられよ。その態度を見れば、文にどれだけ蘇侍郎が困ることが書いてあるのかは、明白だが」

武官に両脇《りょうわき》から摑み上げられ、連れ去られていく。呪詛《じゅそ》のような言葉を吐《は》きながら去る蘇司山を、彩琳は復讐《ふくしゅう》の喜びなど一つも感じない目で見つめていた。

央蓮は、心のうちで彩琳に言葉をかけた。

──彩琳、これはお前の力だ。

江楠と、司馬陵建がいがみ合ったままならば、こんな風に話は進まなかった。

彼らの心が開かれていたから、央蓮や泰波の言葉が、彼らに届いた。証拠は握りつぶされず、むしろ彼らが証人となってくれた。

彩琳が積み上げてきたものが、今の状況《じょうきょう》を作ったのだ。

江楠が、大きなため息をついて、立ち尽《つ》くしていた彩琳に声を掛《か》ける。

「こんな大ごとの後で悪いのだが、あまりに興が削《そ》がれたゆえ、酒を一杯所望《いっぱいしょもう》したい」

周囲の緊張《きんちょう》が緩《ゆる》み、笑い声が上がる。司馬陵建も、笑っていた。

その後改めて用意された酒を飲み、宴は続いた。彩琳は主賓の二人に呼ばれ、挨拶《あいさつ》をした。

央蓮は武官姿で席に交じり酒を飲み、泰波は容貌《ようぼう》をまじまじと見られて嫌《いや》だったのか、離《はな》れたところで琵琶を弾いている。

二人が協力して、蘇司山を追い詰《つ》めてくれたことが、まだどこか信じられない。

司馬陵建が、酒杯《しゅはい》をそっと傾《かたむ》けた。

「央蓮王子、私が王小懐を覚えていなかったら、どうなさるおつもりでした」

央蓮も酒を一口飲み下す。

「重要な証人だ。匿《かくま》う手はずは整えていたが、人目から隠《かく》せば、却って暗殺の危険が増すこともある。司馬殿《どの》が刑部にこれを伝えてくれれば、一番話が早い」

「正直でいらっしゃる」

困ったように司馬が笑う。

「覚えているかどうかは、賭けだった。だが」

央蓮は彩琳の目をちらりと見る。

「この娘《むすめ》と共に過ごし、そういう不確かなものを信じるようになってしまった。それがいいか悪いかは、わからないが」

「きっと、よいことでしょう。……王小懐は、私のことをなんと言っていましたか」

央蓮は「何も」と遠くを見つめた。

「ただ、覚えていれば言を聞いてくれるかもしれぬとだけ」

懐《なつ》かしむように、「そうでしょうなぁ」と笑った。

「同じ年の科挙を受けただけの間柄《あいだがら》なのです。……誰《だれ》かが見回りの者でも買収していたのか、手洗いに行く間に、筆を隠されましてね。どうしてよいかと思い、官吏《かんり》に訴えました。どうすることも出来ぬと言われた」

その時、それが聞こえていたらしき誰かが、官吏に声をかけたのだという。

『私の筆を、一本差し上げてください』

しばらく後に、使い込まれた古い筆が一本、官吏から手渡《てわた》された。押し戴《いただ》いてから使った。

試験が終わった後、その男を捜《さが》し当てると、自分よりずっと年上のやつれた男だった。服は古くたびれ、繕《つくろ》い跡《あと》が目立っていた。筆を返して礼を言うと、笑って首を横に振《ふ》った。彼が筆を袋《ふくろ》に入れる時、その中身が見えた。

「私に貸した筆の他《ほか》は、折れた筆がたった一本だったのですよ」

無傷の筆は人に貸し、自分は折れた筆で試験を受けたのだ。その場に跪拝《きはい》して、必ず恩は返すと言った。

『私もあなたも、無事に試験を受け終えました。余った筆はすでに返してもらい、何の貸し借りもありません』

だが、と言い募《つの》った自分に、その人はもう一度笑った。

『どうしても何かを返すと仰《おっしゃ》るなら、それは国と民《たみ》に。お互いこの試験を通ったら、そういう官吏になりましょう』

名前だけはと縋《すが》ると、王小懐と名乗って去った。その人の合格した席次は、最下位に近かった。自分が筆を失くしたまま落ちてくれた方が、王小懐にとって都合が良かったはずなのに。

「どうして、あんなことをなさったのでしょうなぁ」

王小懐は、あの御史《ぎょし》台《だい》から来たやつれた老官吏だった。痛む膝《ひざ》をついて割れ物を拾い、文句が出ないように作った宴より、百合《ゆり》が枯《か》れないよう香《こう》を焚《た》かずにいた部屋をいいと言った。

「忘れてはならぬことを、長い間に忘れてしまっていました。……不思議なものです。この宴の間、なぜか色々なことを思い出しました」

蘇司山は、人が利でしか動かないと、そう思って生きてきたのだろう。

彩琳だって、そうして生きた方が得なのだろうとどこかで思う。いつでも人に心が伝わるわけでも、心が動くわけでもないのだから。

しかし、だからこそ、人の心が触《ふ》れ合った時、その記《き》憶《おく》は鮮《あざ》やかなまま長く残り続ける。

蘇司山が連れ去られていくのを見ても、胸のすく思いなどはなかった。

今、司馬陵建という人が、静かに心のうちを話してくれている。互いのことなど何も知らない、白髪《しらが》の交じった武骨な貴族が、十七の楽宮の娘に、ただ人として話してくれた。

それがずっと大切なことだ。

こうして生きていこうと思った。人の心に添《そ》って、利だけではない想《おも》いを信じて、そうやって生きていけたらいい。

長い夜宴が終わり、席が片付く。その場所には何も残っていない。でも、この胸には確かに、残っているものがあった。

そっと空を見上げる。天の真ん中の北辰《ほくしん》に、星が輝《かがや》いていた。月に霞《かす》む、弱く静かな光に、彩琳は自分の胸に生まれた希望を重ねた。

——父上、母上、わたしはこの先を、笑って生きていこうと思います。

申し訳ないと思うのではなく、いつか再び会えた時、母を支えられる強さを持てるように。いつか自分の命が消えて、父の許《もと》に行った時、ちゃんと生きたと胸を張れるように。

「彩琳！」

泰波の声に振り返る。泰波と、笑顔《えがお》の令霞と槇槇がいて、いつも通りの剣呑《けんのん》な顔をした央蓮が立っていた。その口元が、わずかに緩む。

「美しい宴《うたげ》だった」

笑顔で頷《うなず》き、歩揺《ほよう》が鳴った。父母の形見が奏《かな》でた音に、彩琳は励《はげ》まされた気がした。

終　彩なす玉音

教坊《きょうぼう》の一室は、騒《さわ》がしい声に満ちていた。

開け放った窓からは、夏の濃《こ》い青空が覗《のぞ》き、緑の匂《にお》いを含《ふく》んだ風が吹《ふ》き込んでくる。

料理が卓《たく》に並べられ、微《かす》かに酒の匂いが漂《ただよ》う。

「ちょっと、誰かもう飲み始めてるの？　まだ駄目《だめ》よ」

彩琳が大きな声を出すと、幾《いく》人かの楽宮が、素知らぬ顔をした。

前回の宴によって、彩琳は内人への推薦《すいせん》を受けた。しばし時間はかかるかもしれないが、承《しょう》認《にん》が下り、佩玉《はいぎょく》を賜《たまわ》れば晴れて内人である。

今日はそれを祝っての、仲間内での酒宴《しゅえん》である。楽宮だけでなく、槇槇も席についていた。

蘇司山は、宴で暴《あば》かれた件を発端《ほったん》に、次々と悪事が露見《ろけん》した。それまで脅《おど》されていた者たちが、手のひらを返したからだ。きっと、父の件もこれから調べ直されるだろう。

しかし、彩琳はそのことに、もうこだわってはいなかった。

入り口に、見慣れた姿を見つけて、彩琳は駆《か》け寄った。

「来てくれてありがとう。央蓮」

「内人の推薦を受けたこと、よくやった」

彩琳は頷いて、央蓮を席に案内する。すでに隣《となり》の席に座っていた泰波と顔を見合わせ、互《たが》いに微妙《びみょう》な表情になる。

彩琳は少し笑った。央蓮と泰波と、こうして普通《ふつう》に接するのがひどく久しぶりな気がした。

「……泰波殿《どの》、先日は世話になった」

「泰波でいいよ。同い年だろ」

では自分のことも呼び捨てでよいと言い、央蓮は泰波の隣に腰《こし》を下ろす。

央蓮のもつ、人を寄せ付けない、自分を律する厳しさや、どこか幼い気性《きしょう》は変わらない。だが、危なっかしさは落ち着き、地にしっかりと足を着けているように見える。

人なつこいのに、いつも寂《さび》しさを纏《まと》っていた泰波は、雰囲気《ふんいき》が変わった。柔《やわ》らかく、温かく、すこし、明るくなった。

そんな二人を、きれいだと思う。

彩琳は、自分の中にある業《ごう》にはまだ気づかない。美しいものを、人より特別好きだということも、まだ知らない。生まれたと共に授《さず》かったその特質は、これから彩琳の芯《しん》として、育っていく。

「みんなそろったから、始めましょう」

淡《あわ》い桃色《ももいろ》の胡服を着た彩琳は、そう声をかけた。

歌に踊《おど》りに、楽の独奏。どれも少人数の出し物ではあったが、充分《じゅうぶん》見ごたえがあった。

彩琳が杯《はい》に酒を満たし、央蓮に渡《わた》す。

「自分の祝いの宴を自分で仕切るのか」

「楽しいんだもの。それに、演じる人がいて初めて出来る仕事でしょう？　だったら、みんなのおかげよ。それなのに何もしないで主賓《しゅひん》席に座ってたら、おかしいじゃない」

彩琳が、膝の上で手をきゅっと握《にぎ》った。

「あのね、わたしやっぱり、蓮花《れんか》楽人《がくじん》になりたい」

その言葉に、泰波と央蓮は彩琳を見た。央蓮は、酒を一口飲む。

「姫瑾秀のためか。……蘇司山の関《かか》わった事件は多く、全《すべ》てが改めて審議《しんぎ》されるまで時間がかかると思うが、いつか、姫瑾秀の件も調べ直されるはずだ」

国の名のもとに殺された者が多すぎる。こんなことは言いたくないが、国が誤って無実の者を殺したという責任から逃《のが》れるため、過去の事件を調べずに済ませる可能性も無くはない。しかし央蓮はそれを許す気はなかった。知っている官吏、外戚《がいせき》、叔父《おじ》か父に面会を取り付けてでも、瑾秀の件を闇《やみ》には葬《ほうむ》らない。

彩琳は、少しほほ笑んで首を横に振る。

「父上や復讐《ふくしゅう》のためじゃないの。今はただ、人に心を伝える仕事の先で、一番だって認められたい。誰《だれ》かと心が通じるんだって、わたしが信じ続けるために、蓮花楽人を目指したい」

大人びた顔をするようになった。暗い復讐心ではなく、決意の宿った目をしていて、今の彩琳の方が、ずっと、好《い》い。

「私も、皇帝《こうてい》を目指す。手に入れることばかりが、全てではないのだとわかった。自分のものでないからこそ、大切にすべきものもある。煌を慈《いつく》しみ、貴《とうと》べる皇帝になりたい」

隣の泰波が、卓に肘《ひじ》をついて央蓮を見る。

「ねぇ、央蓮。皇太子って、どうやってなるか教えてほしいんだ」

央蓮と彩琳が、泰波を見るが、本人は本気とも冗談《じょうだん》ともつかない、涼《すず》しい顔をしていた。

「今回の功績で、族譜《ぞくふ》に戻《もど》すという話が出ていると聞いたが」

蘇司山を追いやるため手を組んだことで、泰波には結局衆目が集まった。現皇帝の治世でなければ、皇籍《こうせき》に戻すよりもまず暗殺の話になっただろう。

「それって、王族になるってことで、皇太子になるってことじゃないだろう？」

「……泰波って、皇太子になりたいの？」

そう尋《たず》ねた彩琳を見つめて、泰波はごまかすように首を傾《かし》げてほほ笑む。いかにも女性に騒がれそうな男だった。

「彩琳、次あたしが踊る！　あたしが踊ったら、次は泰波が琵琶《びわ》ね」

彩琳の友の令霞が、嬉《うれ》しそうにはしゃいでいた。泰波は「わかった」と頷いて、彩琳は、令霞の踊りを見るために、二人の卓から離《はな》れていこうとする。

「待て」

彩琳を引き留めた。ずっと聞きたかったことがある。

「彩琳の母の名は、桃玉《とうぎょく》か」

彩琳は笑って、歩揺の桃色の玉にそっと触《ふ》れた。

「わかった？」

それだけ言って、彩琳は舞台《ぶたい》の方へ体を向けた。隣の泰波が「そうか」と呟《つぶや》いた。

「瑾って、紅玉のこと言ったりもするんだっけ。……あぁ、そうか。それで、彩琳」

央蓮は頷いた。彩琳の歩揺は、紅《あか》い玉と、桃色の玉が、添《そ》うように揺《ゆ》れている。

泰波が、央蓮の目を見た。

「央蓮と、彩琳のことを取り合うなら、君より地位を上げた方がいいかと思ったんだけど、皇太子になんてならない方が、むしろ都合がいいのかな」

無意識に、央蓮の眉《まゆ》がきつく寄った。

「……泰波は、なぜ蘇司山を裏切ってまで、私と手を組んだのだ。蘇司山の庇護《ひご》下で彩琳を手に入れた方が、ずっと簡単だったのではないか」

頬杖《ほおづえ》をついた泰波が、舞台を眺《なが》める彩琳に視線を向ける。

「本当の意味で、彩琳が欲しかった。正しい形で守らなきゃ、結局あの子の心は手に入らないだろ？　君の力は借りたくなかったけど、他《ほか》に方法も思いつかなかったし」

「……彩琳とは、恋仲《こいなか》なのか」

手を切ってからの彩琳がどう過ごしていたかを、央蓮は知らない。気になっていたことを尋ねると、泰波は首を振《ふ》って否定した。

「でも、好きだよ。ただ、今の俺じゃまだ、彩琳の隣に立てない。……だけど、君には、渡したくないかな」

「今日ここへ来たことで、どうせ復縁《ふくえん》したと噂《うわさ》が立つ」

そう言うと、泰波はにっこりと笑った。

「まぁ、俺の方が一緒《いっしょ》にいられる時間は長いから。君と違《ちが》って、琵琶で彩琳の役にも立てるし」

「……私は、私の道を進みながら、彩琳を守って、慈しむだけだ」

妻にしたいと、思わないわけではない。だが、央蓮の掌中《しょうちゅう》は、きっと彩琳には狭《せま》すぎる。

「余裕《よゆう》だね。俺は、あの子を諦《あきら》めない。たった一人の、知音《ちいん》だから」

央蓮は口元を曲げた。先程《さきほど》の決意は嘘《うそ》ではない。だが、それはそれとして、愛《いと》しい想《おも》いや、嫉妬《しっと》心は、自分ではままならぬのだ。

「……私の寵姫だ」

「俺の知音だ」

言い返そうと口を開いたが、箏《そう》と鼓《こ》の音が盛り上がり、二人の視線がそちらに引き寄せられた。しかし、踊る令霞ではなく、その手前の彩琳が目に留まる。

成功するかと、真剣《しんけん》な、しかし輝《かがや》いた目で舞台を見つめている。

わっという周囲の歓声《かんせい》とともに、彩琳の表情が、ふっと緩《ゆる》んだ。

凡庸《ぼんよう》な少女だ。だが、

「きれいだね」

泰波の呟きに、央蓮は顔をしかめる。先に言われた、と思ったからだ。

彩琳。琳は美玉、青玉、あるいは玉の奏《かな》でる音を意味する。だからあの歩揺《ほよう》は、彩琳そのものだ。父を表す紅玉と、母を表す桃玉が寄り添い、澄《す》んだ音を立てる。

彩《あや》なす玉音。形を持たない美しさを表すその名の通りに、彩琳は生きている。

夏の風が吹《ふ》き込んだ。清々《すがすが》しく青い香《かお》りの風に、彩琳が振り返る。

外の景色の鮮《あざ》やかさを目いっぱい感じ取ろうとするように、彩琳の瞳《ひとみ》は煌《きら》めいている。

「きれい」

心で感じたままに唇《くちびる》から漏《も》れた声は、美しく澄んでいた。

国の命運さえ左右する多くの宴《うたげ》を、その手で成功させてきた姫彩琳は、後世も噂に事欠かず、多くの者が画題に選んだ。

その肖像《しょうぞう》は、常に、舞台を見つめる横顔で描《えが》かれる。凡庸な容姿、澄んだ瞳、整った姿勢。髪《かみ》には玉の歩揺を挿《さ》し、胡服を纏《まと》う。

そしてその帯にはいつも、楽宮の長の証《あかし》である、蓮花を象《かたど》る佩玉《はいぎょく》が輝いている。

あとがき

この本をお手に取っていただき、ありがとうございます。また新たなシリーズを書かせていただくことになりました。

もしご興味のある方は、前作や前々作もお手にとっていただけますと大変うれしいです。

今回、初めてあとがきを複数ページ書くことになり、埋《う》められるか不安になりながらパソコンに向かっています。

本作は、中国の唐《とう》代をモデルにした架空《かくう》の国のファンタジーとなっております。

かなり国際色豊かな時代だったようで、わくわくしながら資料を読みました。

架空ではあるものの、和《わ》や胡《こ》など、変えてしまうと伝わりにくかったり、他の単語に影響《えいきょう》が出てしまいそうな名称《めいしょう》に関してはそのまま用いています。胡麻《ごま》や胡椒《こしょう》など、胡のつく言葉がたくさんあることに、今回書いていて改めて気が付きました。

教坊《きょうぼう》や内人《ないじん》、席糾《せききゅう》などは、実際にあったものや言葉を基《もと》にはしていますが、楽宮《がくきゅう》の名称は創作です。教坊もそれに合わせ実際のものとはかなり異なった場所になっているかと思います。

作中の内容にも軽く触《ふ》れますと、宴《うたげ》を作る少女の話です。彼女を寵姫《ちょうき》としている央蓮《おうれん》、同じく楽宮として喜花坊《きかぼう》で暮らす泰波《たいは》、彼ら二人や友人たちの手助けを受けつつ、主人公の彩琳《さいりん》が歌や踊《おど》り、設《しつら》えなどの演出を担《にな》い、宴を作り上げていくという内容になっています。

色々なものを色々な人と共有でき、いつでも、どこでも、一人で好きなコンテンツを楽しめる今の時代と比べると、非常に不便な世界ではありますが、同じ時間と空間を共有することで得られる感動というものが、確かにあるのだと思っています。

彩琳の働きを温かく見守っていただけたらうれしいです。

今回も、完成までたくさんの方にお世話になりました。

セカイメグルさま。きれいなイラストをありがとうございました。表紙が本当に美しくて定期的に眺《なが》めています。素敵《すてき》な彩琳たちを描《か》いてくださり、本当にありがとうございます。

担当さま。今回、私の実力で書き切れるかわからないテーマに挑戦《ちょうせん》させてくださったこと、自由に書かせてくださったこと、本当にありがとうございました。担当さんと話し合い、書き直す度《たび》に良くなっていく実感があり、最後まで楽しく書き切ることができました。

家族、友人、諸先輩《せんぱい》方、何年も前の話ですが、書くことに行《い》き詰《づ》まっていた時、相談した人すべてが「自分の好きなものを書きなさい」と言ってくれました。そのお陰《かげ》で今があります。この場を借りてお礼を言わせてください。

今までの三作品、その時に出来る全力でやり切れたのは編集さんや周囲の支えあってのことです。

また、編集部の皆《みな》さま、校正者さまをはじめ、この作品の出版にご尽力《じんりょく》くださった全《すべ》ての方々に、深く感謝申し上げます。

今まで私が色々な人から受け取ってきたものを、この本を通してどなたかに手渡《てわた》すことが出来たら、これに勝《まさ》ることはありません。

このお話を少しでも楽しんでいただけたら幸いです。

またいつか、どこかで、皆さまとお会いできますよう。

和知杏佳

BEANS BUNKO

「喜花坊の寵姫 恋と縁は宴より始めよ」の感想をお寄せください。
おたよりのあて先
〒102-8177 東京都千代田区富士見2-13-3
株式会社KADOKAWA 角川ビーンズ文庫編集部気付
「和知杏佳」先生・「セカイメグル」先生
また、編集部へのご意見ご希望は、同じ住所で「ビーンズ文庫編集部」
までお寄せください。

喜《き》花《か》坊《ぼう》の寵《ちよう》姫《き》
恋《こい》と縁《えにし》は宴《うたげ》より始《はじ》めよ
和《わ》知《ち》杏《きよう》佳《か》

角川ビーンズ文庫 22531

令和3年2月1日 初版発行

発行者———青柳昌行
発 行———株式会社KADOKAWA
〒102-8177 東京都千代田区富士見2-13-3
電話0570-002-301(ナビダイヤル)
印刷所———株式会社暁印刷
製本所———株式会社ビルディング・ブックセンター
装幀者———micro fish

●お問い合わせ
https://www.kadokawa.co.jp/(「お問い合わせ」へお進みください)
※内容によっては、お答えできない場合があります。
※サポートは日本国内のみとさせていただきます。
※Japanese text only

ISBN978-4-04-111133-8 C0193 定価はカバーに表示してあります。
◇◇◇

平安春姫薬書《へいあんはるひめやくしょ》
春告げる花と冬月の君
伊《い》月《づき》ともや
イラスト 條《えだ》
想いが紡ぐ平安医療絵巻！
第18回角川ビーンズ小説大賞
《奨励賞》受賞作！
大好評発売中！
貴族の姫でありながら母に憧れ医師《くすし》を目指す小春《こはる》。
しかし、生前の母を知る青年・冬次《ふゆつぐ》と出会ったことで、
母がただの医師ではなく禁忌とされる呪術を使う〈呪禁師《じゅごんし》〉であり、
自分もその力を受け継いでいることがわかり……!?

●角川ビーンズ文庫●

華《か》耀《よう》後宮の花嫁
シリーズ
月刊プリンセス　別冊ふろく
「プリンセス・パレス」（秋田書店）で
コミカライズ連載中！
〔漫画／藤野ポチョムキン〕
隣国の第三皇子、朔耀（10歳！）に輿入れした公主・翡翠。逃亡するはずが怪しい廟に閉じ込められ、一晩かけて脱出すると、十年が経っていた！しかも朔耀は年上で皇帝になっていて、翡翠を妃にすると言い出し!?
山《やま》崎《さき》里《り》佳《か》
イラスト／深山《みやま》キリ
①時を越えたら、溺愛陛下!?　②闇を裂いたら、最愛陛下!?

角川ビーンズ小説大賞
原稿募集中！
ここが「作家」の第一歩！
イラスト／伊東七つ生
賞金 大賞 100万円
優秀賞 30万円
奨励賞 20万円
読者賞 10万円
締切 3月31日
発表 9月発表(予定)
応募の詳細は角川ビーンズ文庫公式サイトで随時お知らせいたします。
https://beans.kadokawa.co.jp